那年，那地儿，那些人

赵娴 著

百花洲文艺出版社

BAIHUAZHOU LITERATURE AND ART PRESS

图书在版编目（CIP）数据

那年，那地儿，那些人 / 赵娴著. -- 南昌：百花
洲文艺出版社，2023.9
ISBN 978-7-5500-5268-0

Ⅰ.①那… Ⅱ.①赵… Ⅲ.①散文集-中国-当代
Ⅳ.①I267

中国国家版本馆 CIP 数据核字（2023）第 167987 号

那年，那地儿，那些人
NA NIAN，NA DIR，NAXIE REN
赵 娴 / 著

出 版 人　陈 波
责任编辑　蔡央扬　郝玮刚
装帧设计　书香力扬
出版发行　百花洲文艺出版社
社　　址　南昌市红谷滩区世贸路 898 号博能中心一期 A 座 20 楼
邮　　编　330038
经　　销　全国新华书店
印　　刷　四川科德彩色数码科技有限公司
开　　本　880mm×1230mm　1/32　　印张　7.25
版　　次　2023 年 9 月第 1 版
印　　次　2023 年 9 月第 1 次印刷
字　　数　180 千字
书　　号　ISBN 978-7-5500-5268-0
定　　价　45.00 元

赣版权登字　05-2023-310

网址　http：//www.bhzwy.com
图书若有印装错误，影响阅读，可向承印厂联系调换。

《那年，那地儿，那些人》序

谢舞波

什么是作家？当一个法官，且是一个美女法官，将她的作品展现在我面前，并且这部作品能走入我这个自诩为读过许多文学书籍、出版过几本书、自认为对文学作品还有点鉴赏力的人的内心时，我开始对作家这个称谓疑惑起来！这是我在阅读赵娴散文集《那年，那地儿，那些人》之后的疑惑。

她是一位法官，是一位司法职场中的普通人，而她的作品又是那样抓心，那样回味无穷，那样发人深思。在我的心里，无论文字功底抑或是艺术功底，我确认：她就是一个真正的作家。

赵娴创作的《那年，那地儿，那些人》几乎包含了她工作生活经历中所有的亲人、朋友和他们之间的故事。内容生动感人，文字穿透力极强。除了没有小说那样完整布局、情节发展、一贯主题外，通过整体阅读，还是能从她灵巧的笔下，读出一个广泛反映社会生活的小说缩影。她以精美的散文形式，将父母、子女、爱人、家庭和她工作生活的点点滴滴，一幕幕清晰而生动地展现在读者面前，字里行间透着真情，叙述氛围散发着情怀，故事情节弥漫着感恩和无疆大爱，让人身临其境，感慨万千！

　　一位作家说：人们站在大地上，常会为世俗的事物所羁绊，为欲望所缠绕，心灵被尘埃所遮蔽。但在偌大的世界当中，总有一些不甘被捆绑的心灵，在各自的精神旅途上跋涉。他们面对历史，面对当下，面对人和自然的关系，面对生存的种种困境，思考、追问，一面仰望星空，向着精神的更高处眺望，一面向着澄明的世界前行。赵娴，就是一个在旅途跋涉仰望星空且向澄明世界前行的人。

　　顺着作者的文路，"那些抹不掉的记忆"铭刻在读者心地，"那些离去的人"让读者在离别的阵痛与悲悯中生发出对生活的许多无奈，"那些喷薄而出的感慨"触发了读者对生活中事物的深思，"那些闪着光芒的地方"让人在温暖中感到了幸福，"那些陀螺般转动着的岁月"让人感受到生命的价值和意义。

　　有人说过这样一段话：世间的一切都是遇见，人这一辈子，没有平白无故的遇见，所有的相遇，都有它的意义。遇见，不会如你所愿，却总会给你带来一些什么，有的是幸福，有的是成长。"你忙，我也忙，我们各自行走在自己的生命里，看不同的风景，见不同的人，偶尔也会相聚，偶尔也会相互惦记，正如此刻，我又想起了你……""你去了，但你依然活在我心里；你去了，但对我来说，认识你，是我今生最美的一种际遇。你在那边，我在这边，唯愿：都好！""有些地方只有小路，可它曲径通幽，可填词可作诗；有些地方空空荡荡，可它气势恢宏，可歌可舞可饮酒；有些地方，清清爽爽，安安静静，我想用它，安放魂灵。"而赵娴的生花妙笔，也将人生的遇见诠释得如此精妙，让读者在哲思中，与其共享人生遇见的温暖记忆。

　　创作是一个人的心灵活动，即使作者关心人类命运、社会问题，但进入创作之后，他所体会到的东西总是个人视野之内、为作家本人所关注的问题，包括个人的命运和遭遇，及其与周围的人与环境的关系，在其经历的种种人生境遇中生发出来的私人性的感受。而每一种新鲜的独特的个人表述，都会在一些读者心中引起回响。赵娴的散文，从心灵深处走出，以叙事的方式将工作生活中的真善美，叠加上法官的严谨和缜密思考，无限真切地呈现在读者面前。

思想者的作品，只有以思想者的思维，才能读出思想者的高度。赵娴是一位法官，也是一位思想者，更是一位精致的作家。她的思想，很艺术地表现在她选择性地用一个个具有独特魅力的汉字，独具匠心地组合成一篇又一篇富有思想内涵的精致文章。细品，不仅能悟出其对生活的敏锐发现和独特思考，还能从文字的唯美中，品意外之意，体味外之旨，产生"味之者无极，闻之者动心"的艺术效果。

文学是读心的学问，一如修行，需要静思、感悟，需要对生活进行反刍。赵娴将生活的遇见和思想结合在一起，用生花的笔触，惟妙惟肖地流入洁白的纸上，思想深沉细腻，情感凹凸有致，富有哲理，富含诗性，仿若殿堂飞檐悬挂的风铃，在一丝清风下，余音缭绕在寂静而空旷的灵魂荒垣。

鉴赏文学作品，没有固定的标准。私以为，阅读文章，只要你能够情不自禁顺应她的指引，进入一种境界，感受到她的体温和深刻内涵，享受一种超然的美，那就是好散文。赵娴的散文就是好散文！

一千个人心目中有一千个哈姆雷特，文学的魅力不在于它的辞藻有多么华丽，而在于它所记录的每一字每一句都耐人寻味。赵娴的散文，值得一读。

是为序。

2023 年 6 月 20 日于古都洛阳

那爱，那情，那义（序二）

任 燕

　　相交三十多年的老友娴发来她即将出版的散文集《那年，那地儿，那些人》的电子稿，请我为她的新书写序言。虽在河南财经政法大学教书三十余年，也写过不少文章，但为他人的书籍写序还是第一次，心中难免有些忐忑。和老友沟通，建议还是请省作协、市作协那些专家和名家写吧，可她执意说"你是母校的老师，又是师妹，三十多年的交往情同手足、亲如姐妹，你写最合适"。既如此，恭敬不如从命。

生如夏花，淡然绽放

　　经历本身就是一种收获，只有经历了人生的风风雨雨，才能品味出人生的酸甜苦辣。娴的这本书中编纂、收录的文章时间跨度有十几年，有许多篇文章我之前在娴的 QQ 空间里都已看过，有些当年就做过点评，有些做了收藏，现今再次拜读，竟然是读着读着就哭了，读着读着又笑了，仿佛又与娴一起回到了那年的春夏秋冬，那地儿的山山水水，那些一起走过的玲珑岁月……

　　娴是我的师姐——二十世纪八十年代末我们一起就读于省城的一所法律院校，初识她便缘于她温暖的文字。依稀记得三十五年前，当时学校举办一个征文大赛，获得三等奖以上名次的作品全部在学校办公楼前的宣传栏里展出，那时候没有打印稿，全部都是手写体，娴获得的是一等奖，不仅文章写得好，而且钢笔字整洁、清秀、隽永，驻足欣赏的师生们赞不绝口。因我当时也参加了此次征文比赛，于是与娴惺惺相惜、相互欣赏而结缘成为挚友。娴毕业后一直在法院系统工作，我留校成了一名教师，缘分这东西真是奇妙，没承想和娴这一路相伴就是三十五年。三十多年寒来暑往，春华秋实，娴的第一本书在这个夏日淡然绽放。娴的文字是温暖的、真诚的、质朴的、清澈的，她将那些过往岁月生活中难忘的美好、甜美的瞬间、挫折与悲伤，那些令她泪流满面或痛不欲生的往事以及工作中忙碌并幸福着的责任，那些累并快乐着的感受如实记录，集结成书，如邻家姐姐从自家后院树上摘下那些樱桃并真诚地送予我们，真好。

读书，是治愈一切的良药

读书苦，不读书更苦。读书不仅改变了娴的命运，而且还成为治愈了娴一切曾经伤痛的良药，让她成为现在美好的自己。娴兄弟姐妹八人，她排行老二，可以想象父母亲在那个缺吃少穿的年代是如何艰辛地把八个孩子养大成人的。粮食总是不够吃，红薯面窝窝头是全家的主食，但总也吃不饱，要用野菜来充饥。娴是幸运的，如此的家境，不管是父亲还是母亲都非常支持她读书，母亲有一句话让娴铭记终生："只要你想读书，我就是拉棍要饭，也要供你。"娴是一个真正靠读书改变自己命运的人，读书让娴有机会走出黄土地，走进省城的大学读了法律，之后成了一名优秀的法官，彻底打破了命运的禁锢，遨游于法律的海洋。不仅如此，当娴青年时代失去自己的妹妹，中年时失去伴侣，生活、工作的巨大压力令她抑郁住院，并接受长时间的治疗……正是读书、写作把娴从失亲丧偶的悲痛中，从抑郁的绝望中拉了出来，让她对生命有了更高意义的理解，发出"岁月送给我苦难，也随赠我清醒与冷静。如今的我，已学会，对命运心平气和"的感悟。

爱情，真正的爱情是冬日暖阳

有一道心理测试题，让相爱的男女对"春天的鲜花，夏日的溪水，秋天的月儿，冬天的太阳"选一种自己最喜欢的，以测试恋人是否具有浪漫气质。一个女孩嫁给了一个选择"冬日暖阳"只为给她捂手的男孩子，这个女孩就是娴。但是那一年，那个承诺为她冬日捂手的男子走了。2012 年年底，挚爱娴的先生被查出癌症晚期，她不相信当地医院的诊断，带着各种片子和诊断证明天南海北地找专家咨询，这期间我曾陪着她去找过专家，一次次地希望一次次地失望，我记得专家告诉娴："太晚了，骨头上哪儿哪儿都是，没办法做手术。"已不记得我们是怎样走出医生办公室的，也不记得我是怎样安慰娴的，只记得恐惧无助的娴瘫坐在医院门口的台阶上掩面而泣、失声痛哭，我自己也泪如雨下。之后，娴的坚强让爱她的家人、朋友们心痛不已。我想起挪威戏剧家易卜生所说："在这个世界上，最坚强的人是孤独的只靠自己站着的人。"先生走了，娴失去了她的冬日暖阳几近崩溃，但正如娴在《两地书》中所写的那样："我坚信，我是一个坚强的人，2013 年 3 月，在这个天气突变的初春，岁月送给我苦难，也随赠我清醒与冷静……我知道自己必须坚强，因为在我的世界里，居住着责任，更居住着帮助过我的亲人和朋友们。"娴的爱情纯粹、凄美。

亲情，态度决定爱的深度

对于父母，娴是好女儿；对于女儿，娴是好妈妈。娴非常孝顺，已不记得是哪年，我去三门峡办事路过洛阳时专门去看望娴和赵姐。之前我每去洛阳，娴和赵姐都是夜不归宿在酒店陪我，长夜卧谈，各家的先生们都不明白，三个中年妇女一夜不睡有什么好谈的？那次赵姐接上我到酒店，娴刚给母亲洗过澡，说实话，当下我蛮震惊的，因为在这之前我并没有给自己的母亲这样洗过澡（而之后成为常态是后话）。老太太慈眉善目，头发还没有完全被吹干，我跟老太太开玩笑问她："闺女孝不孝顺？您老幸不幸福？"老太太很知足地回答："孝顺，幸福！"一脸的满足和愉悦。娴把老人送回家后，赵姐、娴和我三人聊天，我们夸她孝顺，她谦逊地说，和赵姐相比她做得远远不够。赵姐是一个奇女子，事业上不仅有了不俗的成就，而且更是孝顺女儿的典范，在其母亲成为植物人后，赵姐十几年如一日地陪伴着自己的母亲，在母亲的床边安置了一张小床，每晚陪着母亲睡觉，悉心照料母亲。赵姐的孝道让我们都深受感动。所以娴说，自己会努力做得更好，让老娘晚年能乐享天伦。孔子在《论语·里仁》里曾说："父母之年，不可不知也，一则以喜，一则以惧。"大意是说，父母亲的生日不可以不知道啊，一则为父母添寿感到喜悦，同时也为父母年龄的增长而恐惧。读娴写的《母亲》，感同身受。她对母亲的爱跃然纸上："这一年，每次经过寺院，我都要去上香，愿佛祖保佑她；这一年，常常，在夜深人静的时候，我悄悄地祈祷，愿她平安……这一年，我过得战战兢兢……"读着娴的文字，我悄悄地放下手中的活计，给母亲打来洗脚水："妈，我给您洗脚！"

记得娴的先生走的时候，娴给我打电话告知这一噩耗，电话那头的她悲痛、绝望而无助。我怕她做傻事，以最快的速度飞奔到她身旁，形影不离陪她三天三夜。在这期间，我目睹了娴与女儿之间的"相依为命"。唯一的女儿星儿（我喜欢叫她妞妞）懂事得让人心疼，父亲的离世让这个孩子一夜长大。为父亲守灵、点香、烧纸，对前去吊唁的亲朋好友一一叩谢回礼。在追悼会上，女儿悼父的祭文念得全场人一片唏嘘，她单薄的小身板抱着父亲的遗像，我不禁悲从心头生，为娴先生的英年早逝，为妞妞的命运多舛，也为娴的形单影只。在我心里，一直觉得妞妞还是一个天真的小姑娘，一夜之间孩子随着父亲的离去成长了，而这成长的代价也太大了。好在妞妞有一位优秀的母亲，小小的她善良、自立、自强、担当、豁达、勤奋、勇敢、感恩，且青出于蓝而胜于蓝，妞妞去做支教、为疫区捐献口罩、帮助他人不求回报……母亲是什么样子，女儿就照着母亲慢慢变成了现在美好的模样。娴的善良和担当及许多美好的品德，在女儿身上得到完美的诠释。妞妞现在已在攻读博士学位，想必她的爸爸若九泉有知，定然十分欣慰。

友情，人生得一知己足矣

因娴的引见，我认识了赵姐和崔哥两口子。赵姐就是娴书里《我和她》文中所写的"处世波澜不惊且不媚俗，有一种圣洁，又不乏纯净"的"她"；崔哥就是娴在书中写了女儿、父母之后，第四个隆重出场的有"大家风范，且谈吐不俗"的《老崔》。崔哥在若干年前曾是洛阳地区高考的文科状元，玉树临风、风流倜傥，毕业后一直在各级电视台工作，很幽默的一个大哥。崔哥曾调侃赵姐、娴和我："三个女人一台戏说的就是你们三个吧。"怎么说呢？我们的友谊如烈酒般浓烈，又如清风般淡然，相聚时志同道合的畅聊，不醉不归的淋漓，彼此能感受到的相互欣赏、肯定、被尊重和被爱护。我们曾经在一起憧憬未来若干年"抱团养老"的模样：在硕果累累，花香遍地的赵姐的"自留地"上盖一所我们自己设计的房子，面朝洛河，春暖花开——赵姐说她要开垦一片菜园子，自己播种、除草、施肥、收获……娴说那她就负责劈柴、烧火、做饭吧，把从菜园子摘下的新鲜黄瓜、西红柿、丝瓜做成西红柿炒鸡蛋、清炒丝瓜、蒜汁拍黄瓜……而我最想做的事就是成为一名园丁，头戴草帽，穿着胶鞋手持浇水的皮管子滋润那些花花草草……闲来一起喝茶、读书，听赵姐诵经、听娴布道、听我读诗，看每一棵亲手种下的果树在春风中发芽，在夏日里成长，在秋天里结果，在冬日暖阳中挺立……物我两忘，过心向往的生活。分开的日子里，云淡风清，即使不联系，每每想起，内心深处必有最柔软的感动，正如东坡先生所云："归去，也无风雨也无晴"，但她们一如阳光、空气、水，已是我生命中不可或缺的珍宝，有她们真好！

善良，是最好的法律

娴是一名从业三十五年的资深、优秀法官，她在办案过程中秉持的善良、谦卑、慈悲的品格让人尊重和敬仰。著名的法学家卡多佐曾说过："法官的品格是正义的唯一保障。"法官往往代表着社会正义的最后防线。娴办的案件经得起历史的考验，在老百姓中的口碑极好，母校很为其骄傲，也为培养出这样能够执法为民、担当正义的好法官而自豪。然而，做一个好法官并不容易，它意味着累、付出和担当。那些年，我见过娴的累，感受过娴的无助甚至崩溃……正如娴在文章中写道："这一年，总是有审不完的案子、签不完的文书、开不完的会议、接不完的电话、躲不开的当事人、听不完的唠叨、接待不完的咨询……"娴在那些陀螺般旋转的岁月里，几乎完美实践了百姓对一个公平正义好法官的道德要求和良知期许，娴也确实依凭自己的法律专业素养和良心，做出了一份份经得起历史检验的判决、裁定，践行了"你办的不是案件，而是别人的人生"的箴言。为此，娴"只能忙，直忙到天昏地暗，忙到精疲力竭……"是啊，谁还能没个信仰，谁还能没个梦想呢？凭着对法律的信仰，娴曾在一个"黑色的星期四"一天开了十五个庭……娴累并快乐着，但娴也是一个有"七情六欲"的人啊，即使依托着期盼的梦想，她还是住进了医院，接受手术治疗、精神疗愈……那一年，面对病中的娴，我感到很无助、无奈，如何可以拯救你，我的朋友？作为一个普通的凡人，她是多么需要家人、朋友、社会、单位方方面面的关爱啊！我常想，法官与医生其实是非常相像的：医生的工作主要是解除病人的各种病痛、救人性命；而法官的工作在于担当正义、辨别是非、解纷止争，乃至断人生死。作为法官娴无疑是崇高而神圣的！娴作为法官曾是病人需要的医生，作为病人她又是一位法官需要公正。有时候上天要让人明白什么，必先让人经历什么。娴在病中感悟："法律不能使人人平等，但法律面前一定人人平等！"

物我两忘，红尘滚滚也悠闲

许多事情不是说说那么简单的，所谓的知易行难。娴能把那些年里遇见的人、那些年走过的地儿、那些年的感悟一一记录下来，也不是一件容易的事。上天有好生之德，你只管善良，上天自有安排。确如《当幸福来敲门》中主人公克里斯的人生启迪："人生在世，天不遂人愿，是世间常态。但当你坦然地面对生活的跌跌撞撞时，它也会悄然地为你打开一道裂缝，让阳光慢慢渗进来。"

不是吗？一直都记得娴、赵姐我们仨的约定：面朝洛河，春暖花开。

一颗心，质朴如初。

2023 年夏日于郑州燕语斋

目录
CONTENTS

那年，那地儿，那些人

第一部分

那些抹不掉的记忆

你忙，我也忙，我们各自行走在自己的生命里，看不同的风景，见不同的人，偶尔也会相聚，偶尔也会相互惦记，正如此刻，我又想起了你。

小　朋　友

　　女儿快十二岁了，打她小时候起，我们就经常在休息日或者晚饭后牵着手散步，或说或笑或游戏，非常开心。朋友们也经常开玩笑："看这娘儿俩，就像一对好朋友。"

　　记得她刚刚学会说话的时候，每到下班时间，她就会站在楼梯口等我，只要听到我的脚步声，就得意地叫我的名字，逗得大家哈哈大笑。她奶奶总是说："也不训她，哪有小孩叫大人名字的。"而我却不以为然："名字就是让人叫的。"于是，我们娘儿俩，一个叫着，一个应着，其乐融融。

　　星期天，我经常带她到乡下的姥姥家，让她学着做一些力所能及的事情。她也会很吃惊很激动地说："妈妈，原来红薯是从地里长出来的，原来樱桃这么难摘啊！"有时，她会叹口气："唉，农民真难啊！"以后的日子里，我发现她不再随便要零食了。给她零花钱，她说："我还有呢，不用要。"又是星期天，我们一块去看姥姥，她会主动说："妈妈，咱给姥姥买点好吃的吧。"与老家的亲友们相处时，孩子也表现出很强烈的爱心，亲戚们都说："这孩子有佛心呢，既善良，又懂事。"这些优点都归功于：对孩子进行朋友式的启发诱导，作用很明显。

　　有时，她也会很顽皮，玩游戏忘了写作业，到了星期天晚上，才临时抱佛脚，写得很苦很累，我会假装生气地说："还是朋友吗？我不会再跟你玩了！谁也不会交这样的朋友。"她一听就急了："老妈，就这一次，以后决不了，拉钩好不好？"我们快乐地拉钩，她在不声不响中改了自己的坏毛病。

人这一生，可能会遇到一些意想不到的事情，上天并不考虑你的承受能力或者你的年龄。女儿上四年级的时候，突然有一天哭得像泪人儿一样，说自己的好朋友去世了。将近两天时间，女儿都不思茶饭，还莫名其妙地问我："妈妈，你不会让我喝茶叶水吧？"原来，经常和她在一块玩的一个同学，被妈妈在茶叶水里放了毒药，去意已决的母亲临终前又骗走了天真烂漫的孩子。听到这个消息后，我感到非常震惊。怎么会有这样的母亲？怎么可以随意剥夺自己孩子的生命？她的举动伤害了其他无辜的孩子。"妈妈，你不会让我喝茶叶水吧？"这一句话里包含了多少无助，多少胆怯，多少无奈。我把孩子搂在怀里，告诉她："你和妈妈是好朋友，好朋友谁也不许欺骗对方。那个妈妈准是得病了，否则她不会害自己的孩子，也不会害自己。"那一天，我们哭在了一块儿，为那个不该死去的孩子，也为那个糊涂的妈妈。后来，女儿含着泪对我说："妈妈，我不怕你，因为我们是好朋友。"这件事，更使我感到，与孩子以朋友的关系相处，更有利于孩子的成长。

在这个世界上，成年人之间，总是有太多的冷漠，太多的不信任。而我们有意无意的一些举动，却可能影响孩子的一生。我们做父母的，真不该摆出一副居高临下的姿态，而应该与孩子试着做个好朋友。那时，你会惊奇地发现，我们是那么需要自己的孩子：冬天，他是我们的贴身"小棉袄"；夏天，他就像我们最爱的那块"冰淇淋"；春天，他是满园的绿色；秋天，他是我们渴望得到的硕果。

2004 年 5 月 17 日

父　亲

　　夏天的时候，母亲随小妹去了上海。留下父亲一个人在乡下老家。多年来，我们都好像不自觉地养成了一个习惯，母亲在哪儿，我们就往哪儿跑。所以近来我总想着找个机会去上海，却似乎淡忘了老家还有一个七十岁的他。

　　记忆中，如果家里没什么要紧事儿，父亲很少打我们电话。所以去年春节，大家聚在天津，我们还开他玩笑："老爹，你是不是没事儿就想不起来我们？"他只是憨厚地笑笑，并不争辩。

　　长这么大，我们很少看到他笑，似乎也没见过他哭。大凡他一开口，基本上是训斥我们的。所以，幼年时，我常常怀疑他不是我亲爹，一天，听邻居说，有一年他下山拉煤，回来的路上捡了我。于是我便跑去向姑姑核实。姑姑笑着说："是啊，不过，所有的孩子都是在山下捡来的，长得像谁，就回谁的家。"这样一来，我不得不认命了，因为我长得，的确像他。说实话，我觉得他比较没情趣。他不高大，也不浪漫，所以，我常常想，母亲这一生，很不容易。

　　上高一那年，我得了一种怪病，一直发烧，去了很多家医院，都查不出来是什么病，用了很多药，都止不住烧。眼看着我烧得没人样了，母亲见人就哭，已没了主张。我躺在床上，望着天花板数时间。他借了一辆三轮车，拉着我，顶着寒风，到新安县的一个偏僻山村里看中医。中午，在磁涧镇的一个小食堂，他掏八毛钱买了一碗米饭给我吃，他自己则花一毛二分钱要了两个烧饼，就着一碗白开水下肚。已经三天滴水不进的我，那天却鬼使神差地把那碗米饭全吃完了。他看着我，激动得声音发颤："乖，还吃不？"这是我一生中听到他说过的最动人最温柔了一句话。以至于后来，一看到他板着脸训人，我就希望自己再得一场病。

2004年，五妹突遇车祸，母亲哭得死去活来，怕她承受不了打击，我们请来了医生，日夜守护着。但我们却忽视了他的存在，那天，找遍前后院，不见他的身影，后来，我发现，他一个人，蹲在他的果园里啜泣。他反复地说一句话："为什么不让我替你离去？"

在那个贫穷的家，我们姐弟几个在不经意间都长大了。而且一个个进了城，都有了不错的职业。老三、老四和老六还分别去了天津、上海工作。也许，这是上天的造化……

今年秋收那会儿，案件疯一样地上，我天南海北地忙，忘了春夏，不知魏晋。一个周末的下午，我正在开会，手机突然响了，心跳突然加快，生怕是家里出了什么事儿。他说："我磨了点黄面，还给你留了些柿子，你要是没时间回来，我给送去。你如果能开车回来，就可以多带些，顺便给你的朋友和同事们也捎点。"

我感到诧异，想着，母亲不在家，他进步了，居然会关心人了。立刻又觉得对不住他。我怎么忘了，家里还有十几亩的地，七十岁高龄的他，是怎样把那些秋粮一点点收回家的？而且还要给我送黄面。一辈子不善言辞的他，一定是想我了，想让我回去，又不会表达，才打了这个电话。

一个阳光灿烂的周日，我和弟弟驱车回了趟老家。他在地里干活，听说我们回来了，立刻赶回来，一趟趟地从窖里，屋里把那些个红薯、白菜、萝卜往车上放。他还说："唉，你看老三、老四还有老六亏不亏，家里有这么多东西，他们想吃却还要花钱买人家的。你说，这电话线要是能传送东西该有多好啊。"我笑得泪眼模糊，没想到，一辈子严肃的他，也会幽默啊。

　　闲暇的时候，他说，一个人在家里没意思，冬天里又没有农活，想让我帮他在城里找个看大门的活干干。我劝他搬我家住，他说不用。我没有在意他的感受，只说又不缺那俩钱儿，年后再说吧。说完便只顾忙自己的了。

　　一晃又是两周。周五的晚上，寒流突然袭击了整个城市，我担心女儿太冷，开了车去学校接她。开着暖风，仍觉得冷飕飕的。心想，上海气温也不知咋样儿？用不用给母亲寄些衣物？这时电话响了。他说："我找了一份工作，给人家看大门。"我说："何必呢，你受得了吗？"他说："不累，俩人换班，我早上蹭别人摩托车去，晚上再乘车回，老板每月给八百块钱呢！"很满足的样子。

　　我百感交集，但我很理解他。

　　三岁的时候，他失去了父亲，二十几岁时，没了母亲。他一生养育了八个子女，在那个缺吃少穿的年代，我不知道他跟母亲是怎样挺过来的。只知道他不会喝酒，不会抽烟，不会玩耍，不会幽默，不怎么会干家务，不会亲热人，不会疼母亲，也基本上不会关心我们，但他并不反对我们念书。也许，这是他在我们眼里唯一的优点。哦不，他淳朴，他善良，他吃苦耐劳。

　　若是以前，我会阻止他，不让他干这份工作，一来怕他受罪，二来觉得自己没面子。可是如今我不那么想了。正如四妹说的，他像一个不停旋转的陀螺，停下来，对他来说反是种伤害。

　　于是，我祝贺他找到了新工作，并说星期天带上女儿一块去看他。

　　放下电话。我对着他工作的方向，含泪唱了一首歌——

　　想想你的背影，我感受了坚韧；抚摸你的双手，我摸到了艰辛。不知不觉你鬓角露出了白发，不声不响你眼角上添了皱纹。我的老父亲……这辈子做你的儿女我没有做够，央求你呀下辈子，还做我的父亲……

2010 年 12 月 16 日

母　亲

这一年，每次经过寺院，我都要去上香，愿佛祖保佑她；这一年，在夜深人静的时候，我常常悄悄地祈祷，愿她平安；这一年，她几乎失明，耳朵又不好使，却拖着有病的身体，去了上海，帮小妹照看孩子；这一年，想写一篇关于她的文章，想了很久，却不敢下笔，总怕写不好，对不住她，也对不住她在我心里的那份重量……这一年，我过得战战兢兢——因为，她七十三。我们不喜欢这个数字，她也不喜欢。

说实话，小时候，我并不懂得珍爱她，只感觉她很厉害。作业写不好，要挨她的批；铅笔丢了，要挨她的批；弟妹没带好，要挨她的批；晚上跟着姐姐到邻村看电影，回来不写日记，也要挨她的批；甚至不好好吃饭，也要挨她的批。

那时候，粮食总是不够吃，而我偏又生就一个小姐命，不仅瘦弱，而且多病，不爱吃红薯，不爱吃黄面馒头，不爱吃野菜，可家里除了这些个东西，她还真弄不到其他好吃的。

夏天的下午，她经常要求我和姐姐去邻家抬轧面机，放在院子里，大家一起轧面，她蒸上一笼红薯面窝窝头，然后用蒜汁儿拌一下，就是晚餐了。我没有食欲，常常蹲在墙角看弟妹吃，这时候，她总是恶狠狠地训我："你不好好吃饭，总有一天得饿死。"而后又无奈地到厨房，用菜油和葱花儿，将那面条炒一小份，偷偷地叫我到厨房里吃了。长大后我才明白，我是她的八个孩子中最难养的一个。十二三岁时，她教我学做针线，我不想学，她说："小心将来嫁不出去。"我懒得理她，抱来一堆小说看，什么《红岩》，什么《青春之歌》，等等，奇怪的是，她并没有发火，只是叹口气，去忙她的家务了。

十四岁那年，我考到乡里的中学去念书，离家有十五六里的路程，她跟爹说，女孩子家，跑这么远，怕是吃不消，几番周折之后，他们安排让我住到姨奶奶家，她和父亲则把整架子车的粮食送到姨奶奶家，还说："孩子交给人家已够麻烦了，不能让人家吃亏。"在那个粮食奇缺的年代，连一向小气的姨爷爷都说："老大家（父亲在兄弟中排行老大，他们便管母亲叫老大家）也太实在了，几乎把全家人的口粮都送来了。"

高中毕业，我没有考上大学，复读，还是没有考上。那一年，我从学校看分数回来，走到村口，不敢回家，更不知道如何向她交代。一个人坐在东山的苹果园里流泪，却不明白她怎么也会出现在果园里，一向厉害的她，却跟我说出了温和而坚定的话："只要你想念书，我就是拉棍要饭，也要供养你！"

我来到离家较远的新安县再次复读，邻居们都劝她："女孩儿家，好歹识几个字算了，你那么费劲儿，还不是给别人家做贡献？"而她却表现出从未有过的坚定："我不管男孩儿女孩儿，只要想学习，我就支持。"

我当时就读的磁涧高中，条件很艰苦，十几个同学住一个窑洞，没有床，清一色的地铺，潮湿、阴冷。灶上经常是黄面汤、黄面馍，她怕我吃不好，每周一次，烙了油饼，再装一罐头瓶的咸菜让弟妹给送来。那年的深秋，不知咋的，她亲自来了，还送来了零花钱，而我却因痛经，在地铺上疼得翻来覆去，汗流满面。她蹲在我身边，焦躁不安，第一次，我看到她流泪，还试探着问我："要不，这学咱不上啦?"后来，听三妹说，为了让我们念书，她趁农闲时，到食品公司去跟人家商量，弄一些猪血，走街串巷去卖，换些零钱，再送到学校。此后的好多年，我眼前常常浮现出一幅画面——一个单薄的农村妇女，拉一辆架子车，风里雨里，声声叫卖："猪血——新鲜的猪血——好吃不贵……"因为疲劳过度，加之饮食无规律，她落下了一身的毛病，当时的我们，只知道她日渐消瘦，却不懂得去关心一下，问她哪儿不舒服，直到有一天，她晕倒在家门口，我们送她去医院，才知道这世界上还有一种病叫糖尿病。

那时的她，也不过如我现在这般年纪吧……

小时候，她的爱像一盆满满的肥皂水，暖暖的，五颜六色，围在身边，溢出盆外，我们拍着、玩儿着、沐浴着、幸福着；后来，她的爱，像是每天的三餐饭，朴素而实用，我们吃着、喝着、享受着、成长着；再后来，她的爱，像大海，湛蓝、深远，我们欣赏着、遨游着、进步着、成熟着；如今，她的爱，绵延、细腻、清澈，就像老家门前那条小河，不声不响，自然流淌，却时刻滋养着我们的心田。

岁月很长，我们却走不出她用爱编织的亲情网；世界很大，我们却走不出她丝丝缕缕的牵挂……

一晃，二十多年从指尖滑过……

经历了荏苒岁月的我，渐渐地懂得了她的艰辛、她的不易，也愈来愈觉得应该感激她、报答她、爱戴她。

这一年，她不在身边，如梭的岁月一下子变得缓慢起来。工作的压力、家庭的重负接踵而至。精疲力竭、心灰意冷、百无聊赖时，我真想不负责任一次，但也只是一闪念。我不敢懈怠，更不能颓废，因为，想起了她。于是，强迫自己，振作起来，不能有半点闪失，不为自己，为她……

今天，是她的节日，她却远在上海，明知道小妹会把她照顾得很好，可还是有一些挂牵。漫长的夜晚，思念像发酵过的面团一样，膨胀，失眠亦来造访，无奈，披衣下床，为她写下这篇文章，唯愿她长寿、安康！

2010 年母亲节

老　崔

认识崔先生是 1988 年的春天，那时我刚读完河南省政法干校的法律专业，在某区法院实习。我们接了一起刑事案件，审判长是我的实习老师，很漂亮，也很高雅，属于阳春白雪的那种。老崔是电视台的记者，来制作专题节目，他眼光里充满了精明与干练，还有那么一点沧桑感，人并不高大，却非常精神，深沉又富有亲和力，那时还没有"帅呆了""酷毙了"这些词，我跟我的好友说，我认识了一个很有思想的人。

我是书记员，担任法庭记录。在他们面前，我觉得自己像一只丑小鸭，常幻想着什么时候也能变成白天鹅。老崔好像跟审判长很熟悉，一直在谈案件以及节目的问题。后来，院里管饭，好像是专门招待他的，可他不喝酒，只喝白开水。席间，大家都很随意，也很高兴，频频举杯，我不会喝酒，也不会说话，只好默默地喝白开水。快散席的时候，老崔走过来："来，君子之交淡如水，碰一杯，祝你学业有成。"同时递过来一张名片，"啥时需要帮忙可以打我电话。"

上学时，我们宿舍的女孩儿们喜欢在被崇拜者的姓氏前加一老字，于是，我便毫不犹豫在自己心里管他叫"老崔"。

那餐饭结束时，我揣着他的名片，不经意间却永远记住了那个饭店的名字：千杯少酒家。

2004 年 6 月 10 日

我　和　她

　　初见她时，感觉不太好形容。因为作为女人，她不属于国色天香的那种，也不属于雍容华贵的那种，算不上光彩照人，也不是风情万种，有点快言快语的样子，当时曾想到"雷厉风行"这个词再合适不过，后来，感觉她为人处世波澜不惊且不媚俗，有一种圣洁，又不乏纯净，跟她打交道，彼此轻松且愉悦，所以觉得用"清澈"来形容她还要更贴切一些。倒是她的老公，谈吐不俗，很有些大家风范。年轻时不懂世事，曾觉得他们俩不怎么般配，后来觉得上天毕竟是上天，安排他们走到一起，是自有深意的。

　　我是先认识她老公的，1988 年的夏天，那时，他在某电视台工作，我在某区法院实习，他来做节目，遇上了，认识了，他给了一张名片，说万一需要帮忙请打这个电话。没想到后来，我还真用上了那个电话。

　　我毕业后得到的其实是大家羡慕的一级分配，原本是要到一家大企业的，报到时却被当头泼了一盆冷水，人家嫌是个小女生，以后事儿太多，不欢迎。我在街上闲转了三天，走投无路的时候，想到了那张名片，于是拨通了他的电话。他听了我的情况后，说："这样吧，给我一周时间，我想想办法。按理说一级分配的学生都是很优秀的啊，也许你跟这个单位无缘啊。"就这样，一周后，我回学校改了派遣证，进了JQ（书中不便写明的人名、物名均用大写首字母表示）法院。再后来，想感谢他，却联系不上了，到单位找，说是调走了。七年后的一天，我在单位门口，看到他，才惊诧于自己的闭塞。在我办公室的窗台旁，他指着对面不远处一阳台说，那就是他家，我顺着指示方向看到了她，她站在自家的阳台上，笑眯眯地招呼着："中午过来吃饭吧，我包了饺子呢！"我顺理成章地参观了他们的家，认识了她。我说："这么多年，我一直想对他说一声'谢谢'。"她朗朗地笑着："谢啥呢，是我让他帮你的，我们都是从农村出来的，知道农村的孩子不容易，其实，也不过是举手之劳嘛。他回来都对我说了，你去单位找，就知道你的意思，所以让同事告诉你说他调走了。不过后来倒是真出去了，出国待了几年。"

这件在我这儿比天还大的事儿，到她那儿就这么轻描淡写地过了。她说："我也姓赵，叫MX，你叫我姐姐就好了。"后来的日子里，我渐渐见识了她的善良、她的热心、她的孝顺、她的豪爽、她的助人为乐、她的吃苦耐劳、她的敢作敢为、她的不卑不亢……

我发现他们默默地帮助过好多人，且从来不求回报。于是，我也试着尽可能地多做，少说，试着尽可能地帮助别人，且不求回报。

循着她的脚步，我跟她一样，忙，跟她一样，累。

多年后，她对着我和女儿半开玩笑地调侃我："跟有些人比，你真是不会做法官啊，你总是不等人家感谢，就把案子办完了，所以你总有办不完的案子，忙不完的工作，还得一生守着清贫，你可不能把孩子也给教成这样啊。"而我女儿，却不同意她的意见："阿姨，不对吧？我老妈虽然没钱，却也不用花钱啊，有一次她坐出租车，人家坚决不要钱呢，还有一次去饭店吃烩面，结账时发现有人结过了，那人还不留姓名。"她爱抚地拥一下我女儿，慢悠悠地告诫她："乖，这叫好人有好报啊！"

那年夏天，她邀我到她的公司，对我说："我就这么个人，不交则已，交的都是长久的朋友，永远的朋友。"之后，她又带我来到她在龙门西山脚下的新家，指着我，对一个坐在轮椅上的七十多岁的老太太说："你二姑娘回来了！"老太太呵呵地傻笑，嘴角流出一些分泌物，她一边利索地拿纸擦着，一边嗔怪地笑笑："看看，从来也没见你这样激动过，一见到法院的闺女就高兴了不是？"老太太竟然点头。她兴奋得满脸通红："我妈，十几年了，不会说话，今天还真是神了！"我拥抱了那个傻笑着的老太太，心想：先前老太太一定不简单，否则怎么会培养出这么优秀的女儿呢？

之后的几年，大家都忙得一塌糊涂。我忙着整理一堆堆的卷宗，忙着写永远也写不完的判决书，忙着尽可能早一天叫当事人露出笑脸，也忙着我的大家还有小家的那些大事和小事。她忙着照料她的瘫痪的老娘、她的家、她的公司。偶尔她会悄悄地把装着现金的信封放同事桌上，并在电话里跟我说："那个丫头母亲病了，家里负担又重，反正我就是不喜欢见到所有的母亲有病。"有一次，她一见我就滔滔不绝："单位一穷小子没妈，眼看结婚的日子到了，窗帘还没装呢，啥也没整呢，我一连帮了他三天呢，好累。你呢？你这家伙，还是没等人家反应过来就把案子结了吗？哈哈哈，咱俩咋就一个德行呢，急。"

有一天，在网上看到一篇关于女人的文章，记住了一段话："有一种女人，似珍藏恰到好处的美酒。汲取岁月的精髓，日月思念的沉淀，如茅台的芬芳，不饮，闻之即醉；人生的感悟都精粹成了透明的清冽，醇香无比如五粮液，听到名字就让人心有向往。"感觉，就像在写她。

又送走了一年，春节后上班第一天，总觉得有什么事儿似的，心神不定，于是拨通了她的电话："你好吗?"我问她。电话那头却是一片唏嘘，她说："不好，小弟 SH，煤气中毒，没抢救过来……"她已泣不成声。我的头轰的一下，以为是幻听，掐一下自己拿电话的手，痛，方知不是做梦：弟弟啊，你拿流年，游戏浮生，却把负担和伤痛，留给她，怎么可以? 怎么可以??

我知道痛失亲人的感觉，所以，我劝她："想哭就哭吧，可还要保重啊，为了那个瘫痪了十多年的老娘，为了你的亲人和朋友。"

夜深了，了无睡意。我想：好好活着，其实是一种责任啊。往大处说，是对社会；往小处说，是对亲人。

（后记：今天是她弟弟的祭日，无以表达，写此文。唯愿世上真有心电感应之说，那样的话，一来是对 SH 弟弟的祭奠，二来希望给她些许的安慰。)

2011 年 2 月 12 日夜

月 满 人 间

真正认识你，也不过三四年的光景。

起初的感觉比较和蔼可亲。知道大家是同学，但那个青涩的年代，男女生彼此是不说话的，何况大家不一个班。2008 年，听说你搬新家了，要燎锅底儿，记得那天，我犹豫再三，买了一束康乃馨，装作漫不经心地去了。那一餐很丰盛，恰遇过年，见到你儿子，情不自禁地给了一张压岁钱，后来才知道，你的生活中，可能缺了一些东西，但不怎么缺钱。想起来，我常常不好意思，唉，我们这些可怜的公务员啊！

此后的日子，我其实并没有打算渗透到 "JSZ" 这个团体中，所以，2008 年底，你说想搞一次规模较大的同学聚会时，我依然有一些漫不经心。记得当时在济南，接到你的电话时，口头上答应着，但却没有很认真地往家赶。所以，错过了那次聚会。据说，老师们也来了不少，其中包括陈老师。聚会的时候，陈老师很感动，讲话时掉泪了。按理，我应该做点什么，至少得热心参与吧，可是我没有。那次聚会，你不但做东，还做了自始至终的组织者，付出自不必说。自那以后，我对你的印象比以前清晰了很多。

两年后，陈老师患肺癌去世了，我追悔莫及，那次缺席的聚会，成了我的遗憾，让我内心深受折磨。

2009年春节后的一天，我接到你电话，说"中午12点前到海鲜巨无霸，不见不散"。女同学中，最漂亮的要数姚SP了，那天，她也来了，而且显得非常兴奋，频频给大家敬酒，之后便提前离席了，说是去透析。依稀记得，当时你喝了很多酒，送我走时说，看到姚惨白的脸色，就想掉泪，还说，她目前经济比较拮据。第二天，我在同学中发起捐款活动，效果异常地好。当我们几个同学把钱送到医院时，我看到姚的脸色由惨白变得渐渐红润起来，她捧着那些钱，哭了。其实，姚与我并不熟悉，我们差不多三十年没联系了。所以，这次捐款后，大家都觉得我这人特雷锋，却不知，这都是源于你的提醒。

2010年5月，姚含着笑给自己46岁的人生画上了句号。遗体告别时，我在外地忙着我的案子。你给我打电话说你没去，怕自己会心痛。那时我感受到了你的菩萨心肠。

2007年起，我被任命为某院立案庭庭长，从此，我的生活变得异常忙碌。立案接待、庭前调解、排期送达、诉讼保全、申诉复查、公示催告、支付令等等，总是有干不完的活。就这样，我在日复一日的劳作中，渐渐地透支着自己，也慢慢地迷失着自己。2009年8月，疲惫不堪的我突然有一种缥缈的感觉，总希望，自己能不再出现在众人面前。我心想，总应该和你告个别吧？可电话却一直打不通。总是有一些不甘心，加之还有很多未完成的使命，权衡再三，我把自己送进医院，并关闭了通信工具，与外界彻底隔绝。一周后的一个午后，醒来，发现床头有康乃馨的香味，你静静地坐在病房里看书。病友告诉我，你来半天了，看我睡着了，就一直坐着等。

"你怎么知道我在这儿？"我诧异。

"嘘……"你说，"当年不好好学习，尽偷着学一些侦探技术，没想到如今还真派上用场了。"那神态，天真得像一个可爱的小顽童。

以后的十余天里，你常常在下午，带了羽毛球来医院，强拉我去打球。当时的我很虚弱，根本打不动，却感动于你的热心与善良。从此，我跟羽毛球结缘，身体竟也慢慢地跟着好转起来。

夏天的早上，电话常常会响起来，有时是你，有时是其他同学，却是一样的口气："不许偷懒，来周山晨练。"于是，周山成了我与同学们的乐园。

今天，原本是法定假日，可我还在加班，下午5点多，你的电话来了，说车到我单位门口，突然没油了，能否出来帮一下。我马上跟着就出来了，你说先上车吧，借用一下手机。谁知，你将车头一掉，却径直来了周山，我的手机也被你没收了："不是不让你工作，只是想让你知道，磨刀不误砍柴工。"你狡黠地笑。五分钟后，我听到一片诵诗声："秋风送爽秋意凉，秋梦吐芬芳。秋夜渐长秋草黄，秋日莫感伤。秋月明亮秋水涨，朋友在心上。"原来，我们的一帮同学早已在周山等候了……

有时觉得，你像太阳，照亮了同学们的方向。有时觉得，你像月光，把静谧和纯洁洒满朋友们的心房。

人说百无一用是书生，之前，还不服气，如今，我服了。至少，在你面前，觉得自己真的还欠缺了些什么。比如睿智，比如胸怀，比如那些被生活历练而积淀下来的从容和淡定。所以，在这样一个本该是月满人间的夜晚，对着键盘，敲下一行字："中秋有月，月在空中，中秋无月，月在心中。月圆是缘，月缺是盼。圆缺轮回，真情常在。"

2011年9月12日中秋夜

装窗帘的他，姓来

下午三点。我坐在办公室里整理一些资料，有些慵懒，有些心不在焉。

这时电话响了："我姓来，来装窗帘的，我去你家里量一下尺寸，你有空吗？"声音有些暗淡，感觉少气无力的样子。

他原本是我的一个老乡，二十天前，主动找到我说："我跟你家先生认识，他走得太匆忙，没能帮上什么，听说最近你家里装修房子，别的忙帮不上，我会装窗帘，关林市场上好多卖窗帘的我都认识，需要时可以联系我，随叫随到。"

之后的半个月里，我约过他两次，一次说在外地，一次说家里有点事，看来他今天是忙完了。我赶紧说："有空、有空。"于是，我放下手头的活，赶往新区的家。

在楼下，遇到他。他骑一辆自行车，寒风里，有些瑟瑟发抖，看到我，他憨厚地笑着说："哎呀，真巧。"

我带他上楼。他量尺寸，我一边帮着记录，一边问他："最近还挺忙的？"他叹了一口气："嗯，事儿都赶到一块儿了。"再看他的头发，感觉一下子白了很多，与半个多月前见到的他判若两人。

他大概觉察到我的诧异，深吸了一口气，平静了半天，他说："老母亲病了，送她去医院，心脏需要搭桥，一家人忙得团团转时，儿子突遇车祸，走了。如今，安葬完儿子，母亲的病情也已稳定。赶紧联系你，我算了一下，这几天装好窗帘，赶在腊月前你就可以搬新家了，我说过帮你，不能说话不算数啊。"说这话时，他把目光转向窗外，可能是不想在一个女同志面前表现出他的脆弱。

我想安慰一下他，还没找到合适的话语，眼泪却不争气地流了下来。他又反过来劝我："其实，我倒想得挺开，人这一生啊，就像一列开往前方的火车，总是有人上，有人下。唉，只是可惜了，我儿子那28岁的年华啊。"

我看到，眼泪在他眼里转啊转啊，又回去了。

"好了，"他一边利索地量着窗户尺寸，一边劝我，"我们，都得想开些，都要活得坚强些，只有这样，离去的人才能安心，不是吗？"

我死劲儿地点头，眼里噙满了泪水。

我送他下楼，看他的自行车在寒风中渐去渐远，突然生出些许敬佩来。

他不过是一个农民工，却能够在悲苦中找到坚强，用坚强去洗涤凄凉的人生。而我，虽读过万卷书，却不曾有他的豁达和坚强。

我不知道他的名字，只知道，他是一个装窗帘的民工，他姓来。

2013 年 12 月 22 日夜

师　　妹

　　高中同学聚会时，曾见过她一面。高高的个子，敦敦实实的一个人，有点黑。说实话，不够靓丽，鼻梁倒是很挺拔，耳垂也较大，方方正正的一张脸，令人猛然想起"地阁方圆"这个词。L 同学介绍说：MG 村的，低咱一届，叫 JM。她笑着点头，微微地欠一下身子，算是对师姐的尊重吧。

　　师妹我倒是见过几个，有小女生一样文文静静没开口先脸红的，有小鸟一样叽叽喳喳叫个不停的，有嗲声嗲气称师兄为"大叔"的，有猜拳行令宛如女汉子的，唯独她跟别人不太一样。话不多，却掷地有声，不张扬，不怯懦，也不自卑。作为女人，似乎欠缺了点温柔，但在她身上更多的是沉稳。她不太爱笑，眉宇间写着沧桑。

　　转眼中秋，L 同学来电，对我说"去新安帮着审查一份合同吧，顺便请你吃野生甲鱼"，我爽快赴约。

　　我在那个叫作"正村"的镇里碰到她，猜想应是 L 同学带来吃甲鱼的吧，彼此点头微笑，算是再次见面。合同摊开来，我吃了一惊。这是一份投资合同，接受资金的是一家房地产开发商，而出资的，竟是她。

　　干活之余，她说："师姐，你的衣服真好看，做工那么考究，价格一定不菲吧?"我笑："暑假里闺女回来，说我穿得太'村'，非让买了这身儿，在丹尼斯，花了我快一个月的工资，我心疼了好几天呢。"她也笑："钱是为人服务的，别心疼。"然后若有所思地说，"闺女大了就是好，我有俩闺女……"

我那天才知道，她是一家保险公司的业务员，同时又兼做一些理财的生意。四十岁时，一场意外，老公撒手人寰。从此她便既当爹又当妈，硬是把两个女儿都送进大学，而且学的全是很花钱的艺术类。她说："那些年，日子可真难啊！常常需要打几份工呢，不过，总算熬过来了，现在好了，两个姑娘大学都毕业了，也都有了不错的工作。"她望着远处的建筑工地，柔柔地说，"师姐，我听说了你的情况，我们都是心强命不强的人。但我相信，我们都是大写的女人。"

怪不得，初见她时，我总感觉她的沉稳里掖着干练藏着沧桑。她说，她信因果，常拿平常心来抵御变幻无常的人生。

人到中年的师妹，虽不够漂亮，却很美。我想，对一个女人来说，真正的美，是一种经历，更是一种能力，一种无怨无悔的心态，对亲人、对家庭、对社会尽职尽责的能力。

中秋夜，长长的洛河上洒满了清凉，月光若隐若现，仿佛也想来赏这河洛图腾之美景，却被团团的云雾拦截，于是整个洛河，多了些神秘，缺了些皎洁。睡不着，举一杯清茶，我站在二十八楼的窗前，仰望天空，俯视洛水，想起年轻漂亮的五妹（今天是她的生日），想起英年早逝的先生，想起那些不该离去的亲人，想起年少时那些纸醉金迷的浮沉，想起生命中那些个你来我往聚聚散散的缘分，不禁黯然。但师妹的话却令我不再感伤。是的，我们都是"大写的女人"。

今夜，我命令自己：浅望幸福，不写忧伤；红尘三千，不道惆怅；秋风渐凉，只赏月光。因为：月缺月圆，转瞬之间；你去我来，一念之间；相逢相离，只不过佛祖的拈花一笑而已。

2014 年 9 月 7 日

忽然想起，那年的你，和你

公元 1986 年，在省城读书的时候，你俩常结伴来看我。一低一高，一胖一瘦，一个爱说爱笑，一个沉默寡言。一个被我称作老 W，另一个被我称作老 X（不是真老，而是总被人看得太小，企盼成熟的一种自嘲），你们则齐声叫我"老姐"，之后，也许是觉得"老姐"这称呼不够贴切，又给我改名为"司令"。我至今不懂你们为什么叫我"司令"。我想，是不是因为：一、年龄大；二、农村来的有点土；三、面相不够秀气性格不够温柔，有点江湖老大的味儿。管它呢，反正，这名字，我喜欢。

那时，我二十出头，你和你都还二十不足。大家一起在北郊那条叫作文化路的街上念书，你俩念的财院，我念的政法干校。一个居北，一个靠南，相距仅 1.5 公里。因是老乡，又因我与 W 是高中同学，所以大家常常在周末或周日时聚聚。或许，厌烦了自己学校食堂的饭菜，想换个口味儿；或许，感觉总有大把的时间，没地儿打发；或许，想家了又心疼来回六元的火车票钱；或许，朦朦胧胧还有点别的意思或者根本就觉得人生没什么意思……于是，文化路上时常出现三个无所事事又故作深沉的小伙伴。

那是一个星期天，我参加学校民法组组织的在人民公园门口做法律咨询的活动，结束的时候，你（W）来了。"我想单独咨询你一个问题。"你悻悻地说。于是我让同学先走，跟你一起站在那棵法国梧桐树下，俨然如司令一样："说吧，啥事儿！"你挠着头：

"日子过得太慢，总是无聊，我想……我想……跟你——谈恋爱。"我吓得赶紧环顾四周，在确认确实没有第三人听到的情况下，义正词严地告诉你："学校不允许谈好不好！再说，我们是读书的年龄，怎么能……"你像个犯了错误的小屁孩儿，低着头："姐，原谅我，算我没说，以后我们还是好朋友，对吧?""当然!"我以大姐姐的宽容安慰着你，心里却想，小男孩做事，真不靠谱啊，这么庄严的事儿，怎么到你这儿就变成了小孩子过家家的游戏呢。

我们学校是半军事化管理的，早操，是不变的节奏，按照班主任陈老师的要求，我们每天早上六点半必须从校门口出发，向北到财院门口转一圈儿再跑回来，七点正准时回教室上早自习。冬天的早晨，飘着雪花，真冷啊，我缩在被窝里，不想出去，班主任在门口大声喊："起床了! 跑操了!"我用被子蒙住头，装作听不见。突然想起，快一个月没见你俩了，不会有啥事儿吧，这样想着，便呼的一下跳下床，以最快的速度跑向财院的方向，盼着要是在校门口碰见该有多好。

虽然你们俩这次一个也没见到，我却另有收获。早自习时，陈老师在全班宣布："对四支部团支部副书记 ZX 口头表扬一次，今天的早操，出操及时，跑速也快，全体团员向她学习，克服困难，战胜雪天，决不能破坏我们铁的纪律。"

看着四周同学羡慕的眼神，我狡黠地想：老师也有不聪明的时候。不过，我当时真的没有别的意思，只是盼你俩——无恙。

1990 年，我从办事员转为科员，院里还给了我一张委任状，上写：兹任命 ZX 同志为某某人民法院书记员。按当时的政策，年轻人必须要下乡接受锻炼，于是我和其他几个同事一样，被戴上大红花，分别派到各个乡镇法庭。我所在的那个法庭门口挂了一个白色的木制牌子，上面用黑体字写着"某某人民法院某某人民法庭"。庭里算上我共有四名同志，庭长郑某、审判员周某，合同工张某，还有我。因为是女同志，所以大家对我格外照顾，给了一间比较大的办公室，还放了一张用木板支起来的简易床，庭长说：万一刮风了下雨了，不方便回去在床上可以休息一下。我很知足也很感动，当然，工作也很卖命。

七月的一天下午，你俩来了。说：毕业了，正在等待分配，觉得无聊，来看看我。那时的乡下，难得见到有人来。庭长原本没多少文化，听说是我的同学，还念过大学，一激动便说："晚上全庭喝酒，叫你同学也参加。"

六点开喝，还不到八点，你俩已被一对儿撂倒了。吐得天昏地暗，一个抱着酒瓶横躺在那张木板床上不省人事儿，另一个没地儿躺，干脆把门上挂着的竹帘子摘下来铺在地上睡了，嘴里还不停念叨着："来哦，干杯！"

次日早晨，我来上班的时候，你俩还在睡，床单上、竹帘上、办公室的地上都是你俩呕吐的痕迹。

全庭人则一起嘲笑我："呵呵，你那俩小同学，忒不经打了吧！"

…………

一晃，快三十年了。

听说，你们都去了市政府工作。一个在誉满天下的十三朝古都干得有声有色；一个雄居豫西某市，找了一个如花似玉的银行行长做妻子。我们当年那两所学校也合并成了一所，取名叫河南财经政法大学。

我不得不承认：世间有很多事儿，是我们永远无法解释也无法说清的。比如，这些年，虽无联系，但彼此并没忘记；比如，那年的那场酒，我其实真不想让你俩喝多啊，可是当年的我，必须接受自己的渺小和无能为力。

夜深了，捧一杯清茶，坐在桌前，忽然又想起，那年的你，和你。

只希望，大家都能——岁月静好！彼此安康！！

2015 年 7 月 13 日夜

美院二三事

晚 9 点一刻，三妹来电，说和美院还有 H 校长一起在鹿鸣斋刚吃完饭，想来家里喝茶。我犹豫了一下，说："来吧。"

我其实有点困了，心里推断他们肯定不会来，起码美院不会来，毕竟，她只是三妹的同事，跟我并无多少交集，何况，还有洛阳大名鼎鼎的名校校长（男）给她们做司机，便断定三妹说的是酒话而已，放下电话后，依然懒洋洋地看麦家的《解密》，连睡衣都没有换。十分钟后，我听到敲门声，方知自己真是小巫见大巫了。三妹兴致勃勃地指着美院介绍："我同事，ZMR，T 大博士生导师，某某学院院长，因为是院长中最美丽的一个，所以简称'美院'。"美院颔首、微笑着落坐，仿佛回到自己家里一样。我赶紧去沏茶，准备点心。并让女儿拿出下午刚从老家摘的樱桃。她看着那盘樱桃，吃惊地问："你们家种的？太好了！"然后又问我，茶是不是也是自己种的？我说我家不会种金骏眉，她若有所思："哦，让我想想，这东西好像产自福建，而你们家在洛阳。"

她看到餐桌上玻璃瓶里放着的核桃仁儿，说："这东西好啊，健脑，"于是便自己打开，吃了几片，一边自言自语，"够了。"我好奇地问："什么够了？"她说："一天的营养。"于是她便不再吃了，专心地喝茶。一边又问起我女儿的情况来，并鼓励她多读书，多走出去看看。当问起她的孩子时，她轻描淡写地说："有个女儿在剑桥，读博。"我夸她有本事，她笑："是孩子有本事。"到晚上十点，她仿佛突然想起什么来，跟三妹说："走吧，H 校长还在楼下等着呢。"话音未落，人已站起，悠然地飘出屋外。

次日，我跟三妹说："这美院，真是超然啊，整个一神仙。"三妹笑道："美院做起学问来，一丝不苟，但生活中却是常常让人啼笑皆非的人。"三妹说，直到 2013 年，美院才知道这世界上还有"高价饭"这个词。我问："此话怎讲？"三妹说："那年，我们一同事的儿子结婚，我俩一起去喝喜酒，她看我给主家递了个红包，问什么意思，我说随礼啊，她就问我，'这是不是平常人们说的高价饭？'我说，算是吧，她又问，'那我怎么办？'我说，'你平常参加这种饭局时怎么办的？'她说，'平常都是来了就找个位置坐下来，别人开始吃了，我也吃，别人走了我也走。'我笑得眼泪都出来了。自此，美院明白一个道理，原来别人请吃饭也是有分类的，有些可以白吃，有些不可以，尤其婚丧，通常是不可以的。"

去年八月的一天，美院又遇到了令她纠结的事情，早上上班时，她突然发现自己的自行车筐里有一捆菜，心想，谁的菜忘拿了，于是便不敢动车子，怕菜的主人来了找不到菜，眼看上班要迟到了，她只好拦了辆出租车赶去上班。中午回来，见那捆菜还在筐里，无奈的她，只好找来纸和笔，写了一张条子放车筐里："尊敬的失主，请您赶紧把菜拿走，我明天必须要用自行车啊！"

这美院，令我想起麦家在《解密》里对天才的描述："对于那些天才破译家来说，他们的热情和智慧可以在本职中得以发挥。换句话说，他们的才华经常在被使用——被自己使用，被职业使用，精神在一次次被使用和挥发中趋于宁静和深远……"

屈指算了一下，美院，是来过我家的客人里学问最高的一个了。我真的很喜欢她，也很崇拜她。

我想，这世界上，如若大部分人像她这样，也许就没有了尔虞我诈，没有了斤斤计较，大家会活得更轻松、更简单、更愉快。

我很早就知道"高价饭"的含义，所以，我做不了天才，也做不了博导。

2016 年 4 月 24 日晚

邂　　逅

　　那年，你堵在龙湖边那个培训班的教室门口，一脸憨厚："还认识我吗？"我一抬头，忍不住乐了："你？你不是那个跟L一个宿舍的、爱笑的小男孩吗？哦，好像文章写得不错。"你说："嗯，后半句总结得比较到位，我不只文章写得好，而且情商比智商高。"

　　上课铃响了，你说："下午放学后，咱去湖边转转吧。"于是，2006年的那个秋天的傍晚，我们俩绕着龙湖转了好几圈，一起回忆着十八年前那个叫"司法学校"的院子里发生的那些个青涩的故事。

　　你说："你不知道吧，当年L给你的情书，每一篇都经过了我严格把关，认真修改，每改一次，L就请我吃一碗烩面。"

　　一下子，我们仿佛都回到了二十多岁……

　　我说："那时候真好，校门口往北全是菜地，顺手便可摘一个黄瓜西红柿什么的送到嘴里；那时候，路虽不宽，大家却可以手拉手并排走；那时候，没有汽车尾气，骑个自行车就可以扬眉吐气；那时候，天那么蓝，水那么清；那时候，四毛钱的烩面咋就那么可口……"

　　你说："对！那时候，感觉世界好大，总想研究可总也研究不透；那时候，总想买枝鲜花送给心仪的女生，可是口袋里最缺的总是钱；那时候，精力那么旺盛，晚十二点还在宿舍跳迪斯科，被班主任拧着耳朵警告，还偷着乐……"

最后，你说："谢谢你，今天陪我走这么远的路，说这么多的话，过了一个很有意义的生日。"

"啊？"我很诧异。抬头望天，月亮那么亮，那么圆。低头看湖，湖面秋波荡漾，湖边蛙声悠扬。

课程结束的时候，发现自己一下子喜欢起省院的这个培训基地来，草是绿的，花是艳的，校园是温暖的，时间是飞着过的。

临别时，你说："来玩啊！我们那个城市，虽没有郑州繁华，也比不上洛阳厚重，却也有很多值得品味的东西，比如人的憨厚，比如石头的精美。"

之后，莫名地，我开始痴迷那些个石头，还整了一箱又一盒，堆在家里，没事儿的时候，捧在手里，研究它的质量、重量、密度、水分等。

再之后，我们为了生计各自忙碌。偶尔也会发一些信息，你说"以后……"我也说"以后……"可真的到了那个"以后"，却都没了"以后"。

再后来——你说：在你的春夏秋冬里，一直住着我的一年四季；我说：虽没有在最美的年华遇见你，但是，遇见你后，却拥有了一段最美的年华。

多年以后，不经意间发现，我最亲最好的朋友，大都来自那座城市。

多年以后，终于明白：有些事，终会成为云烟；有些人，你和他最完美的结局，应该是，杳无音信。

多年以后，终于懂得，花开一季，人活一世，只有时光，不声不响，却安然无恙。

多年以后，依然觉得，那是一场美丽的邂逅，一个不言过往，一个不问归期。

…………

又到了月圆的季节，今夜，我静坐窗前，问月亮——

那个自称情商比智商高的朋友，是否还记得十二年前，龙湖边的蛙声一片？

那个喜欢替人修改情书的同窗，是否还能忆起三十多年前，郑州烩面的余香？

…………

月亮时隐时现，仿佛在说：那些汹涌的回忆，那些不可分享的记忆，那些曾经的念念不忘，终究会在时间的流里磕碰、起伏、沉沦、淹没。

趁着月光正好，我把那些记忆收集起来，装帧成一幅精美的山水画，留待闲时慢慢品赏。

2018 年农历八月十五夜

一个人，一盏灯

深夜，我从朋友圈儿看到作家梁凌的文章《一个人，一盏灯》，感觉这句话用在副院长戚宇红身上很贴切，便爬起来写下这篇文字，一来欢送她光荣退休，二来激励自己，好好干，站好单位最后一班岗，不负良心，不负年轮。

认识戚院很久了，知道她出生书香门第，是八十年代西南政法的高才生，1987 年毕业分配到洛阳中院，她的朋友对她说，"来涧西法院吧，这儿挺好的"，她就来了，不分尊卑，无论级别，只为别人眼中的一个"好"字。从此后兢兢业业，任劳任怨，刑庭七年，行政庭十三四年，然后是政治部主任、副院长（担任副院长期间主管过立案、信访、民事、行政、执行、刑事等），从来没有清闲过。

三十二年，弹指一挥间。那个爱笑的小豆（网名）啊，皱纹悄悄爬上了脸。欢送会的掌声惊醒了她，她说：三十多年了，习惯了早上 6 点起床，7 点多赶到单位，忙那些案子，陀螺般地转啊转的，如今一下子停下来，倒有点不知所措了。她眼里含着泪说："咋这么快呢？"

同事们都在依依不舍跟她道别时，她用一首诗表达自己的感受："法苑三十载，勤谨耕耘忙。晨兴理诉讼，昼夜虑短长。披胆呕心谋，涧法苗成长。今日解法袍，相交法硕郎。喜看青胜蓝，繁花满我院。"

我时而高兴，觉得她终于解脱，再也不用忙那些诉啊讼啊的烦心事了，时而又感到失落，再回老院时没有先前有劲儿了，因为，饭堂里少了一个谈笑风生的人，411门口不再有先前的那些温馨。

真正了解戚院，缘自几件小事儿——

（1）2015年春节期间，大过年的，她却住进了医院，去看她时，方知她因年底工作太忙，连续加班，致使血压升高，继而心脏也出了故障。她说："刑事上那些事儿，看着不大，但很多时候，关乎人命啊。"于是她把自己累倒了。（2）2016年，一起去昆明办案，当事人达成调解协议，握手言和，她高兴得，如同自家得了孙子似的。原本冻结过的账户又要返回去解封，被告为了抓紧时间办理，派专车来接我们去银行，然后又把我们送回机场，一路上一直在咨询相关法律问题，她不但耐心解答，而且替当事人想办法，为当事人推荐她在当地的朋友帮忙。我说："戚院，你真有耐心。"她笑笑："现如今做企业很难，咱也是举手之劳嘛！"（3）2018年年关，有一个案件急需去南疆，大家都在准备年货，何况这个季节，新疆天寒地冻的，实在不好找合作伙伴，我试探着跟她商量，能不能一起去，她说正好这几天手头的活忙完可以离开。当天，我们俩便飞向了冰天雪地的南疆。途中，接到同事电话，问能不能帮忙去一趟北疆。我不敢擅自决定，便把目光投向她，她毫不犹豫："那就去呗，省得他们再折腾，费神费力费钱的，何必呢？"结果我们历经雨、雪、风、霜四种天气，从阿克苏到喀什到和田再辗转至乌鲁木齐，四天办结三个案件。回洛的第二天，她又住进了医院，还笑着调侃："这身体真是不争气啊。"……

长话短说，还是总结一下我眼中的戚院吧——

一、真

她的真，说穿了，是敢说敢做敢担当。

她坚持做朴实、认真、清清爽爽、不拖泥带水的自己；她的眼里揉不进沙子，不靠谱的事情，千万别跟她说，没用；她的视野里，没有上下尊卑，仿佛全世界都是一家人，无关权贵，无关功名利禄，统统一视同仁。

现如今，有些领导，遇事总是向后躲，她却是傻，总是往前冲，主动揽责，替部下兜着；也有一些领导是只会下命令而不会干活，可她却是全把式，刑事、民事、行政、执行样样精通；很多人眼里，官兵是界限分明的，而她这里，只有两个字"同事"，再通俗点叫"伙计"。我常常想，她这样"真"的一个人，也许更适合生长在国外吧，在国内，那就只有一个结果——累。

二、善

她的善，表现在很多方面，比如严于律己，宽以待人；比如做事细致，富有责任心；比如经常忧国忧民，有时心疼单位新来的年轻人挣的钱不够花，有时心疼老同志压力太大，身体吃不消，有时又担心大家经常加班会影响家庭和睦，甚至在党组会上，她也总是据理力争，替她的部下和同事争取一切合理的权利。她用她的善良谱写着一个又一个新的篇章：做人勤劳、敬业、坚守正能量；做事儿不推诿不扯皮，富有执行力。久而久之，她成就了正义，做成了单位的脊梁。

三、美

她的美，是骨子里的那种美，美在寻常岁月中的简单、大气，美在平日里的举手投足。

她的形象很美，年轻时飒爽英姿，现如今风度翩翩；她的衣服很美，高端大气上档次，低调奢华不张扬；她的内心装满了温暖，装满了体恤；她的脑子里装满了天文地理。

法院这个诞生女汉子的地方，真的是忠孝难以两全，可她却做成了父母的好女儿、丈夫的好妻子、儿子的好母亲、同事的好朋友。我想，这些个成就，只能用她的"真""善""美"来诠释。而她却很谦虚："唉，此生好笨好丢人啊。不懂麻将，不会双升，不知道斗地主。想唱歌吧，五音不全；想喝杯酒吧，又上脸。"

她平生最大的爱好，是读书。可退休这天，她把她的书全都分送给了身边的同事。

⋯⋯⋯⋯⋯⋯

人间若有"真""善""美"，恰如斯人。

初见她时，感觉有些冷漠，有些孤傲，之后，只是浅浅交谈，便是惊艳，便是恨晚。

一个人，一盏灯，引领我们向前行。

我想，她给了岁月那么多的温良，岁月定会对她别样情深，还她一世阳光，一世安宁，一世坦然。

祝福戚院宇红，退休愉快！一生康健！

2019 年 7 月 3 日夜

妞　　妞

我后悔以前给她起名"星儿"了。

那时候我还年轻，觉得一辈子就这么一个孩子，名字很重要，既要简单大方，又要朗朗上口，既不能俗，还得充满诗情画意。

爷爷叫她"妞妞"，奶奶说"妞妞"不好听，叫"喜梅"吧，我笑着打岔，咋不叫"彩蝶"呢（当时一种香烟的名字），她爸爸也笑："嗯，这个喜梅吧，的确缺少点韵味。"

等到她快一岁时，我和她爸突然觉得"星儿"挺好的，好写、好念、好听、低调、大气，又不奢华，关键是有韵味儿。

之后的岁月里，她在我眼前一天天地长大，一天天地进步，我的人生常常因了她而充满乐趣，也因为有了她，我开始对未来充满憧憬和希望，也有了奋勇拼搏的勇气和动力。

我有时低头凝望她，觉得有个小棉袄真好。有时抬头仰望天空，总盼望她成为那颗最亮的星星，偶尔也会为给她取了个好名字而庆幸，可我从来没有想过，其实，名字，有时也会隐含着许多宿命的。

星儿个子越来越高了。

星儿眼界越来越宽了。

星儿思绪越飞越远了。

大学毕业后，她说："妈妈，我想读硕士。"我说："去吧。"那年在首都机场，她笑着转身："妈妈再见!"我说："妞妞再见!"可眼睛却有点发酸。

硕士毕业后，她说："妈妈，我想读博。"我说："孩子，太累了吧。"可转念一想，喜欢读书的孩子，有什么错呢?

所以，必须支持。

之后疫情来了，她不得不停下漂泊的脚步。这一年，她临时在天大找了份工作干着，效果不错，收获不少，眼看着也日渐成熟了，越来越懂事了，我有点窃喜，大家虽不在一个城市，但并不觉得有距离感。

庚子的第一场雪下过后，她打来电话："妈妈，必须得过去上课了，我准备订近期的机票，我想从浦东起飞，直达伦敦，一来节约时间，二来减少危险系数。"声音里有无奈，也有向往。

我忽然觉得，此后，与她牵手的机会已经微乎其微了，眼睛便忍不住发酸。

12月5日，我只是看了一眼她在浦东机场的照片，便已经泪眼模糊了。

唉! 真是老了，身体各个器官都已麻木退化，但泪腺却是愈加发达了。

7日凌晨，她在曼城欢快叫着："妈妈，我到了，已经安顿好，您放心吧。"而我，却把手机屏幕对着天花板，不敢正面跟她对视，因为，眼睛总是发酸。

今晚，我站在窗前，数星星，也细数这些年跟她待在一起的一朝一夕，数着数着，夜便深了，数着数着，眼睛又酸了。

现在觉得，当年爷爷给起的名字是对的，"妞妞"，多好啊，纯真、朴素、温柔、动听。让人想起年画上的喜庆福娃，胖胖的、亮亮的，就那样笑嘻嘻地蹲在门心上，享受着房间里的烟火味道，离你那么近，触手可及；又让人想起粗布做的棉衣，软软的、柔柔的、暖暖的，贴心贴肺，让心不空不燥，使人踏实安静。

其实，"星儿"也是蛮好的，充满诗意，令人神往，可爱可恋的，但却总是遥远的。有时，你想着她的一颦一笑，如同苍穹里那颗对你一眨一眨的星星，你和她，被冰冷的时空硬生生地拉开了距离，纵然有千百倍的爱怜，却总是鞭长莫及，更是不方便呼来唤去的，因为，大家不在一个层面。

"星"属于宇宙，而我，仅仅是地球这个小行星上的一员啊，在她那里，充其量我只算是个VIP吧，哈哈！

2020 年 12 月 8 日

第二部分

那些离去的人

你去了，但你依然活在我心里；你去了，但对我来说，认识你，是我今生最美的一种际遇。你在那边，我在这边，唯愿：都好！

玫瑰对菊花的告白

前言：五妹，名金苹，我总爱叫她金子，一生酷爱菊花，命也似菊花，五年前的仲秋时节，凋谢了……

又到了菊花盛开的日子……

五妹，我来看你，坐在你坟头，折一瓣一瓣的菊花，给你。很久没有的泪水落下来，洒在你坟头，我不知道泪水会不会滋养这些花。但我知道，我想你了……全家人都想你了……

妈说最近老是梦见你，可是她的眼睛已近失明，不想让她再掉泪，所以没带她来，但我带来了她对你的问候。

爹说，你爱吃柿子，他挑了最大最好的，放在家里，不许别人碰，我知道，是留给你的。

老四用一篇《想念你到老》表达她对你的思念。我看了，泣不成声……

回忆五年前的情景，恍若隔世。你定格在 2004 年 10 月 8 日这一天，也定格在亲人们的心里……年轻、美丽、凄美地笑着……离开……

光阴似箭，可我并不遗憾。

当所有的亲人都感到我逐日苍老，当所有的朋友都看到我发上的风霜，我却在微笑。金子，我庆幸，与你相逢的日子越来近了……

　　活得好累，累到难以承受时，会更想你。但已没有了五年前洋洋洒洒的文字，只想静静地坐在你身边，听风儿呢喃，任泪水流淌……只希望思念会穿越时空，让你我如同从前，或悲，或喜，或吵，或闹，或说，或笑……

　　金子，你是我们的菊花，我们是你的玫瑰……

2009 年 10 月 9 日夜

魏　　院

　　整理旧书籍时，发现一篇十年前的日记，令我想起身为老领导的您。那些年，我在 JQ 法院的民庭工作，您曾经是主管我的副院长。

　　总是觉得，您不该离去，至少不该那么早就离去。您的走，使 JQ 法院失去了一位民事专家，使我们失去了一位好领导、好战友，使很多当事人失去了一位崇拜的偶像。

　　一直认为您的离去跟酒有关。那时的您正值壮年，是一个标准的见活就干，见酒就喝的人，"宁伤身体不伤友谊"是您的座右铭。

　　时间真快，转眼我们也到了知天命的年龄，每每想起您，我就会奉劝身边那些爱喝酒的朋友们"少喝，惜命"。他们不懂个中缘由，常常不以为然地笑答"宁伤身体不伤友谊"。殊不知，自从您离开后，我就觉得这是一句非常不负责任的话，因为，没有身体，何来友谊？

　　您是一名军人，更是一个出色的民事案件专家。应该是 1989 年抑或是 1990 年初，你审理某案，审判庭安排在区委的大礼堂，某村为了给法院施加压力，每人发十元钱，让村民几乎倾巢出动来旁听且随时做好闹事的准备。按照院里部署，全院干警都来维持秩序，二十多名书记员同时坐在公判庭的第一排，一边观看庭审情况，一边记录，结束时评选出优秀书记员。那天的您，是那个案件的审判长，从容、淡定、不卑不亢。当时的我坐在台下，一边观摩您开庭，一边记录，聚精会神。

记得那次的书记员比赛，我得了第一名。次日在走廊上碰见，您对我含笑点头："嗯，字儿写得不错，干净流畅，内容记得也很全。"当晚，适逢家人来看我，我迫不及待地炫耀："今天，魏庭长都夸我了。"那种自豪，不亚于中了双色球的感觉！

几年后下乡办案，遇到一位老村主任，他说他打官司从区法院一直打到省高院，见过了很多法官，魏院您是唯一一个让他败了官司还心服口服的法官。他还说，听您讲民事案件是一种享受，只有您才能把普通的民事案件讲得那么出神入化，说着说着，竟哭了。方知，您的魅力不仅流传在同事中，更在民间。

那时，我还是个办事员，在法院办公室做一些文秘类的工作，办公室就在王院长的隔壁。我清楚地记得那一天的情景：早上刚一上班，您站在院长办公室门口，递给王院长一封信，痛苦不堪地说道："昨天下班刚下楼，一女当事人递来一信封，说是书证材料，我顺手装口袋里了，我真不知道这是一封情书啊，要是知道，我能把它带到家里吗？王院长，您得给我做主啊，我老婆洗衣服时发现了这封信，非说我有外遇，您说咋办？唉，人啊，长得好看有啥好处呀！"您喋喋不休，似有百般委屈。对门儿的 WP 副院长这时恰巧路过："啊呸！您也敢说自己长得好看，丢到煤堆里都分不清哪个是您哪个是煤，回去照照镜子再说好不好！"还是王院长水平高："大家都干活去吧，老魏放心，你老婆要是来告状，我就跟她说，这个写情书的女当事人是个精神病，全院男同志都收到过类似的情书好不好，不过，是这样，哦，WP 说得也没错，你确实长得有点黑，是不是？"……当时的我，笑得差点上不来气儿。

后来，您当了副院长，依然要求我们叫您老魏，您说："千万别叫院长，不习惯。"大家跟您嘻嘻哈哈："放心，不请客，谁会叫你院长呢！"

不过，您在仕途上的如愿以偿，倒是让 JQ 法院一帮只知埋头干活的干警看到了希望。比如，那时的我就坚信，无论干刑事、民事，只要踏实肯干都一样能成功，一样能被提拔。于是我们学着像您一样，只管埋头拉车，不管抬头看路。

您有点五音不全，不过，不影响同事们敬重您、爱戴您。因为您虽为副院长，却一向没有官架子，逢年过节，常组织大家到您家里，您亲自下厨，炒几个菜，弄一箱二锅头逼着大家，不醉不罢休。喝多了就唱《咱当兵的人》，唱得全曲儿跑调，我们笑得前仰后合时，您却很认真地说：这是您唱得最好听的一首歌。

依稀还记得您走的那天，弟兄们一直护送您到墓地。安葬完了，大家依然坐在墓前，不忍离去。老 Z 点了一支烟插在您坟头，我放了一瓶酒在墓碑前，大家含泪一起唱《咱当兵的人》，直唱到泣不成声。

晚上回家，坐在电脑前，我还是忍不住泪如雨下。

在那天的日记里我改写一首诗为您送行——

您去，我们也走，我们在此分手；您上那通往天堂的路，您放心走，您看那街灯一直亮到天边，您只消跟从这光阴的直线！您先走，我们站在此地望着您：放轻些脚步，别教灰土扬起，我们，要看着您远去的身影，直到距离使我们，认您不分明。再不然，我们，就叫响您的名字，不断地提醒您，去吧，有我们在这里——为您祈祷，为您祝福，为您守候。

魏院，一路走好！！

2005 年 5 月 10 日

班　　觞

我已经好久没写东西了。总觉得夏季的天有些燥热，叫人没有写字的欲望。我说，我的心门是一扇上了锁的窗。可是，2010年5月31日，在这个30多度的夏天——我却听见，听见寒风扰乱了叶落；我却看见，看见孤单出现在隐忍的夜晚。

我的同学 ZYW（瀍河法院民二庭庭长），在这一天的凌晨，因心梗，撒手人寰。

6月3日上午，虽然没有人刻意地组织，但大家却不约而同地来到了洛阳殡仪馆。商丘、周口、郑州、平顶山、南阳、三门峡……全省各地的同学50余人，在班主任陈爱莲老师的带领下，来为 ZYW 同学送行。

同学代表曹爱民哭着说："ZYW 啊，我们的好兄弟，你不该，不该这样决绝。怎能忘，24年前，我们从全省各地汇聚到郑州，你虽然年龄小，但却乐观、活泼。球场上，有你的飒爽英姿；教室里，有你孜孜不倦的身影；宿舍里，有你动人的歌声、纯真的笑声……毕业后，你依然活跃、乐观，常常利用闲暇时间，走遍全省各地，看望大家。可是不承想，42岁的你却为自己的一生画上了句号。狠心的兄弟啊，如今，你解脱了，却令我们，肝肠寸断……"

在铭德厅左前方的那个石台上，我看到了 ZYW 白发苍苍的父亲。他一串老泪从眼眶里涌出，断断续续地，落在鼻梁上、胡须上，他顾不上擦，却径自握着陈老师的手："老师啊，我感谢你，70多了吧？还大老远地跑来送他。ZYW这孩子，恨活啊，总是加班，总是忙不完。这些天，为一个案件，调解了10多次，这不，调成了，与电视台都说好了，下周一来拍啊，说是专题片，可是，他人却没了。老师啊，你不知道，他走的那天晚上，还在办公室加班到11点多啊……"老人家反反复复地讲着这几句话。那无法修补的风霜，写在脸上，显得格外凄凉。

我搀扶着陈老师，她的泪啪嗒啪嗒滴在我手上、衣衫上。她说："同学们啊，你们几乎都在政法机关工作，这些个地方，有地位、有荣耀，但更多的是付出，是辛苦。老师知道——你们都是有责任心的人，总想把任何事情做得尽善尽美，所以你们累；你们总想让领导放心，让百姓满意，让亲人欣慰，所以你们苦。老师也知道，你们年富力强，几乎都是各自单位的脊梁，劳动强度高，工作压力大，而争强好胜的你们，又不会叫苦叫累，所以，就只好透支生命。可是，聪明的你们，怎么就不明白，你们是我的学生，更是我的子女，从今天起，我要你们记住：养人的是五谷，暖人的是棉布，健康才是人生的护身符。健康是福，健康是富，健康才能使你们的人生光彩夺目。从今以后，你们——谁也没有权利，让白发人，来送黑发人！"

公元2010年6月3日这一天的上午10点，原河南政法管理干部学院1986级2班的同学们，哭成一团。

公元2010年6月3日，ZYW，这个曾经让大家欢喜的名字，此刻，却似利剑，刺痛了我们啜泣着的胸膛。

同学ZYW，一路走好！

2010年6月3日夜

仰 望 星 空

冬至日，白天太短，一晃的工夫，黑夜便不请自到。

恰遇同窗好友善德从省城来，相约几个朋友吃饺子。我说，今晚我们一起给心灵放假，大家务必用最愉快的方式，度过这个全年最漫长的夜晚。朋友们最后商定，找个清静的场所，权当放松地吐露吐露这些年各自或苦或累、或喜或悲的梦，说话间，我接到同事电话，说办公室林主任病危。便起身与善德一起去医院看他。到病房时，只见他静静地躺着，隔壁传来他妻子撕心裂肺的哭声，而他的满头白发的老母亲，站在他身旁，吃力地向每一位来访的同事点头："谢谢，谢谢你们平日里对他的照顾！"这时方知，林主任已驾鹤西去。

他的母亲没有眼泪，但脸上的伤悲，令人心碎。

林主任，名 BO，享年四十七岁，空军某部转业后，被分配到市劳教所工作，之后调到 JX 法院，2001 年我调来 JX 的时候，他已是办公室副主任，之后，先后担任过 JX 法院书记官室主任，办公室主任等职务。在我看来，他是一个综合素质很高且协调能力很强的人，性格平稳，不急不躁，无论冬夏早晚，脸上永远挂着微笑。据说他非常喜欢刑事审判工作，曾听他分析过刑事案件，讲得很透彻，但他却没干过一天的刑事业务，同事们说，主要是他把办公室主任这活做绝了，领导已离不开他。后来，党组缺员，感觉这回该轮到他了，但他肝上却出了毛病。去北京做手术，人家说，还是保守治疗吧，他就辗转回洛，在第五三四医院静养。其间，我与同事一起去看他，怕他敏感，不想提及病情，只好顾左右而言他。我说："林主任，你病房里的花好漂亮啊！"他不假思索地说："我当家，送给你了，你拿办公室看去，这不算犯错误吧？"那时的他，脸色虽然不太好，人却精神着，依然与大家嬉笑，苦中找乐。现在想来，前后也不过两个多月的光景啊，一个鲜活的生命，说没就没了。

想起从前，我当立案庭庭长时，一度累到病倒。他劝我：现如今，法院的活真是不好干，身体累着，心里烦着，当事人吵闹着，领导批评着，家里人埋怨着，不干好不行，干好不可能。所以我们得学会调整思路，学着适应社会，更要学着保重自己……我不明白，这些道理，他都懂，却为什么不会用在自己身上？莫非看破了红尘？莫非厌倦了世态炎凉？

站在林主任身旁，总感觉他并没有死，也许只是太累，暂时小憩而已……

善德许是怕我悲伤吧，硬拉我出来，我们俩站在月台上，她说："我既做法学院老师，又做律师，这些年跟法官打交道太多，最了解你们这些法官。工作任务重，群众期望高，心理压力大，还有一种无形压力，那就是夹在双方当事人之间和隐形的上级之间，要平衡、要息诉的压力。要知道，你们天天处理人与人之间的矛盾，经常在直面社会的阴暗面，就算案件办得天衣无缝，也不一定会太平无事——因为，谁也不能保证，那些当事人个个都是高素质的人。比如——那些天天缠着非要请你们吃饭的，未必是真心实意；那些想方设法给你们送礼的，未必没带摄像机；那些上访、闹事，或以死相威胁的极端行为，也未必与判决的公正性有必然的联系。但这一切依然会发生。而法官，却偏偏又是一个有着众多婆婆的小媳妇。而你们的领导既要求你把当事人当亲人，又要求你不准私自会见当事人；既要你快结快办，又要你多调少判；既要保证当事人的上诉权，又不允许上诉、发还的比例超限，同时还要做到'案结事了、胜败皆服'。这众多的矛盾，使得法官既累又难，也使得法官队伍成了现如今的'高危人群'，更使得一旦出现闹访或恶性事件后，法官就难辞其咎。不要想不开，怪只怪，这世界对法官的期望值太高。所以作为法官，必须学会调整心态。让你适应社会，而不是让社会适应你。也许，最好的方法应该是：适当疗养，关注健康，放慢脚步，等等幸福。"

善德的话，使我茅塞顿开。莫非，我们这些只知埋头干活不懂爱惜自己身体的法官真的不适应这个社会了？莫非我们先前学的那些法学理论真的过时了？

晚11：30，殡仪馆的车将林主任拉走。当车子缓缓离开医院时，我说："通往天堂的路，也许比人间好走。保重，我的同事和朋友！"

在医院的门口，我与善德仰望星空，忍不住感慨：命运偷走如果，只留下结果；时间偷走初衷，只留下了苦衷。我们透支身体，却留给亲人们无尽的伤痛。

回来的路上，突然想起五月天的一首歌，调子拿不准确，歌词也记不太清，但还是轻声低唱，直唱到自己感动——

摸不到的颜色，是否叫彩虹？

看不到的拥抱，是否叫作微风？

…………

你来过，然后你走后，

只留下星空。

…………

当故事失去美梦，美梦失去线索，

而我们失去联络，

…………

细数繁星闪烁，细数此生奔波，

原来所有、所得、所获，

不如一夜的星空。

…………

2011 年 12 月 22 日夜

公　公

一

天突然冷起来，让人有点吃不消。我给他送早饭，刚进病房，他欠着身子，努力想坐起来。然后用沙哑的声音对我说："得去问问医生，都来十来天了，咋还是不见轻呢？"他儿子接过话茬儿："医生不在医院，开会去了。""去哪儿开会了？"他很执着地追问。"郑州！""那算了。"

看着他苍白的面色，听着他沉重的呼吸，体会着他对病痛的无奈和无助，突然想掉泪。唉！一生强悍的他，如今竟也这般脆弱起来。求生的欲望写在他脸上，可医生却说，还是回家吧，我们回天无术啊！

他是孩子的爷爷，两年前，得了喉癌，在河南科大一附院做了手术，之后经历过十四次的化疗、放疗，仍不见轻。这些天突然呼吸困难，一查，癌细胞已扩散到全身，医生说，他的肺几乎不工作了，所以呼吸无法畅通。

对他，我很难用言词形容。大部分的褒义词用在他身上似乎都不太贴切，所以最好用中性词。

其实，他还是蛮勤劳的，家里大大小小的物件，平常都由他来买，包括柴米油盐。初到他家时，觉得婆婆真是幸福，省多少心呢。后来知道，家里的钱他管着，从不让婆婆经手，只好自己去买。婆婆没工作，不会赚钱，他一个月挣两千多块工资时，偶尔会给婆婆三十五十的零花钱，还要经常过问钱花哪儿了。我跟婆婆开玩笑："我爸这么细心啊！"不承想，婆婆竟哭了，从此，我给母亲买东西时，一定要准备两份，母亲一份，婆婆一份，时不时地再给婆婆些零花钱。我不明白，钱这东西，其实是为人服务的，公公怎么连这都不懂呢？兴许是小时候穷怕了吧。

以前只知道我母亲嫁给做农民的父亲日子过得不容易，不承想，婆婆嫁给做市民的公公，也不容易。想起母亲常说的那句话"一家不知一家难"，突然明白了其中的含义。

他比较喜欢操持家务，每当婆婆在厨房做饭时，他总喜欢在旁边指指点点，虽然有时也干，但大部分时间是讲理论。那时我想，有文化的人就是不一样，我父亲怎么长年都不见进厨房呢？

对他的节俭我更是体会深刻。记得当年歇产假时，我回老家住了一个多月，女儿睡颠倒了，晚上不睡觉且不让关灯，一关就哭，我房间的灯晚上只好亮着，他常常在天蒙蒙亮时，便推门进来，将我们房间的灯关掉。婆婆怕我多心，批评他，他理直气壮："这个月电费都用了七块了！"

他教书教得很认真，无论冬夏，骑一辆老式的二八自行车，准时去，准时回。有一次，与他的表外孙女（他的学生）闲聊时，我问："ZZ啊，你姥爷课讲得好不好？"小姑娘笑答："好是好，就是每个问题都要说好几遍。"末了，还给我扮个鬼脸儿，"舅妈，可别告诉我姥爷啊。"小姑娘真是聪明，小学生都知道避开"啰唆"这个贬义词。

他出生于1937年8月，从小失去爹娘，是他奶奶把他养大的，奶奶去世后，由他伯母照看。我猜想他的伯母一定很伟大，在那个缺吃少穿的年代，竟能送他上学直读到师范毕业，真是了不起。可是被奶奶和伯母宠大的他，却不怎么会疼爱他的亲人们。

他很刚强，虽不富裕，但绝不轻易占别人便宜。他住在农村，却没有土地，亲戚们有时会送些农产品，他常常要估算一下，价值多少钱，然后想办法找机会用别的东西偿还或折抵。

其实，一直以来，他对我还是不错的，从来没说过我不好。偶尔给他买件衣服，他总是见人便炫耀："嘿嘿，儿媳妇买的！"常常，他会很关心地问我："你爸妈身体好吗？有空得去看看他们。"我想，他并非不好，只是不懂得如何好吧。或者，是因为打从小时候起，他身边的人就只是对他好，却没有教他如何对别人好。所以，也不能怪他，怪只怪他命苦，从小就失去父母。

今天，医院又催着让办出院手续。他不得不回家静养。我想，这无情的世界啊，开始给他倒计时了。想想，便潸然泪下。

夜深了，对着电脑屏幕，我祈祷：他这一生不容易，贫穷、孤独，没享过什么福。请不要再折磨他吧，保佑他，让他不要走得太匆忙，让他在生命的最后时刻，尽可能少一些痛苦吧。

2012 年 11 月 5 日凌晨

二

早上九点多钟，我的电话响了，寂静的房间里，只觉得声音太大。"咱爸不行了，你快回来。"老公急促地催着，话语里充满了无助。

没想到，他走得如此匆忙。我有一些自责，这些天，总盘算着抽空回老家去陪伴他，再尽一些义务呢，不承想，他如此刚强，刚强得不再给我机会。

我匆忙驱车赶到老家，见他静静地躺着，眼睛半睁着，嘴巴半张着，似有什么心愿未了，我连声叫着，却再也听不到他的回应。

我去给他置办送老衣，从里到外五层，是清一色的白。他半睁的眼睛合上了，半张的嘴巴闭上了。我想，那边，应该和我们这边一样吧，有白天黑夜，有阴晴圆缺，有苦恼，或许更多的是欢乐。婆婆说"是的，那地方叫天堂，那里有吃有喝有欢乐，唯独没有痛苦"。我含泪微笑，祈祷他安息。

忙着去联系墓地，忙着联系亲友为他送行，老公的手机突然间莫名其妙地坏了，死机，不停地死机。因没有通讯录，有些亲友只好放弃通知，所以葬礼置办得非常简单。能来的都是至亲好友，或者我们能背诵出电话号码的人。

一个小时后，他已化作一缕青烟，再一个小时后，他已含笑九泉。

我们回来收拾他的衣物，见床下压着三页信纸，一页写着他一生的经历，一页写着他银行存折的密码和账号，最后一页这样写道："我一生清贫，不愿麻烦任何人，虽存款及财产不多，却从未向人借过分文。我脾气不好，这与我的经历有关，不当之处，还请大家原谅。我死后，丧事从简，不通知亲友，不搞遗体告别，骨灰撒入河流。房产、存款均由你们母亲处置。对你们，我只有一点要求，团结友好，互相帮助，认真做事，好好做人。"

我愕然：天呢，怪不得他儿子的电话突然失灵。冥冥中似乎有一双手在阻止我们做那些他认为是铺张浪费的事啊。他的独断，直到生命终结还在坚持。

他有他的风格。他的情，直到离开才表达；他的爱，只用一生的固执来述说。

兄弟姐妹们对着他的遗像长跪不起。

2012 年 11 月 6 日深夜

两　地　书

魏，你好吗？

今夜你在哪里？又在干吗？不知你那里有没有 NBA，有没有汽车拉力赛？有没有卡拉 OK？寂寞的时候，有没有人会陪你喝两口？

屈指算来，你离开已经半个月了，这些天来，我一直忙于悲哀，脑子里一片空白，曾盘算着找个云淡风轻的日子去看看你，可这鬼天，不是尘土飞扬，便是雾霾嚣张，于是更加不明白，这世界到底是咋了，变得如此不可理喻。我想，你那里该不会是春暖花开的好季节吧？否则你为何会走得那样决绝？

晚饭后，妈打来电话："闺女，你在家吗？我过去陪陪你吧？"说着说着，我又哭了。自从你走后，她便不再叫我名字，而改叫我"闺女"。我不想让一个七十五六岁的老人再为我担心，便骗她说不在家，于是关了门，打开电脑，只想清清静静地与你说会儿话。

你走后，方知你人缘还真行。

彩彩、小青那些日子他们几乎天天来咱家，我劝他们回去休息，他们说："我们想替魏哥做点什么，现在看来，唯一能做的就是对嫂子你好点了。"老谢、老刘他们也来了，对着你的遗像哭："兄弟啊，谁能想到，你怎么会走在我们前头呢？"然后，他们分工负责置办你的身后事，让我只管歇着。燕子丢下繁忙的工作，专程从郑州跑来陪我聊天、给我做饭，甚至帮我擦泪，你走的那两天与我形影不离……

3月3日上午，没有刻意的通知，但来送你的人却那么多，偌大的万安厅都没能容纳下。行长们来了很多，院长们也来了好几个，更多的是你的同学、同事和我的朋友们。你女儿的祭文念得全场人唏嘘不已。大家哭得很伤心，为了你的英年早逝，为了孩子的命运多舛，为了我的孤单可怜……

记得大年初三那天，你还忍着疼痛去爸的坟上祈祷，说你是魏家的长子，让他保佑你好好活着，怎么刚刚过了半个月，你便追随他而去？还记得你临行前扔给我的两句话：1. 你恨我吧！2. 走，赶紧走，上班去吧！想想，我真是有些恨你啊，你这个自私的家伙，你倒是解脱了，却不管不顾我们娘俩了，也不管不问你年迈的母亲了。

这些天来，我常常犯傻，弄不懂：世上可真有命运这种东西？它是物质还是精神？难道说我们的一生都早早地被一种符咒规定？难道说我们的一生真如激光唱盘，所有的祸福都像音符般微缩其中？

年轻的时候，你是那样固执、那样任性、那样清冷、那样贪杯，如今，终于变得成熟了，懂得体谅了，知道亲情了，上天却不再给你机会了。

还记得你确诊的那个雪天，我开车拉着你去医院，不敢告诉你真实病情，又怕你多心，路上没话找话："你觉得这辈子什么时候最幸福？"你毫不犹豫："我觉得现在最幸福，外面银装素裹，车内温暖如春，亲爱的老婆开车拉着我兜风。"我笑着点头，却笑得泪如泉涌。

还记得，你住院的那些天，朋友们络绎不绝地来医院看你，你总是笑着说："我没事儿，倒是她的压力比我大多了。"然后对着我安慰，"没事儿，病好回去后，我拼命干活，让你歇着，把这些天失去的十多斤体重补回来。"

还记得你临走的前三天，我扶着你在病房的走廊上散步，你说等你好了，回家要双倍地报答我，因为，自从有病以来，才发现只有老婆最疼你，只有亲情最让你割舍不下。

殊不知，命运像一只筐，把你对自己过去的姑息、延宕，把你对未来的憧憬、设想，连同你含泪给我的承诺，都一股脑儿地塞进去，永远地封存了。

你走了，可你的手机时不时还会有信息出现，阿勇说："兄弟啊，给哥哥托个梦吧，告诉我你在那边的一切可好。"小青说："哥啊，这些天，我总感觉自己在做梦，等我梦醒，你务必回来，陪弟弟再喝一杯。"

前两天，遵照你的遗愿，我去看望邓行长，他哭着说："嫂子啊，都怪我，怪我对兄长照顾不够，我们银行，收入不高，劳动量却超强，老兄他可能是压力太大了。"说得我泪水洗面。

就在昨天，你的手机又响了，是妈打来的。她说，习惯了，不知怎么就又拨通了这个号。可怜你白发苍苍的老娘啊，三个月内，走了老伴，又失去了长子。这么沉重的打击，你让她如何有勇气活下去？

这些天，不断有同事或者朋友用各种方式开导我，我强迫自己坚强，逼着自己笑，可是却总是弄巧成拙，总是笑着哭，哭着笑……

不过，我坚信，我是一个坚强的人。2013 年 3 月，在这个天气突变的初春，岁月送给我苦难，也随赠我清醒与冷静。如今的我，已学会对命运心平气和。

于是我换上鲜艳的服装，去见你白发苍苍的老娘，跟她说：

妈，没事儿，他走了，还有我，我会孝敬你，善待你，也会穷其所有，把你的孙女养大成人。老人泣不成声："闺女啊，妈知道，知道你是个坚强的好孩子……"

今天上午，段姐来看我，她说："你李哥也是 48 岁走的，一晃快十年了，昨天我去给他上香，告诉他，在那边照顾好魏老弟。没事儿，那边也有一帮弟兄，他们不会孤独，你要坚强，因为你还有很多责任啊。"我使劲点头，我知道自己必须坚强，因为在我的世界里，居住着责任，更居住着帮助过我的亲人和朋友们。

夜深了。我困了。你也休息吧。

2013 年 3 月 14 日夜

今天是你的生日

夜已深。

睡不着。

干脆坐起来，跟你说说话。

很久以来，我都不怎么愿意跟外人联系。很多原本该说的话，到了嘴边，常常又收回来，总觉得多余。很多原本应该看望的人，也只是在心里想想，最终都没有成行。突然发现，世界那么大，但是想找一个能且愿意说话的人，并非易事。

有时想想，人，真是奇怪，你在的时候，我对外面的事情总是那么上心上意，比如工作，比如那些其实可以适当躲避的当事人，比如有些可管可不管的闲事……而常常无暇考虑你的感受，甚至没事找事地跟你闹，嫌你贪杯，嫌你说话直且难听，甚至常常忘了你的生日。等我闲下来，决定好好照顾这个家时，你却撒手人寰了。

今夜，我顺手敲下一行字："生日快乐，亲！"继而又觉得自己用词不当，确切地说应该叫"诞辰"。可是，刚刚打出这两个字，眼泪却不争气，如断线一般。

我还是不能接受你的离去。怎么会呢？怎么可能呢？依然觉得，你只是旅行去了，一次长途旅行而已。

下午，任妹妹打来电话，她说"嫂子，你还好吧"，话音没落，人却哭起来，我试探着问她，兄弟他——怎么样？她说："走了，六月中旬就走了，我一直想联系你，可又怕你想起魏哥伤心，所以不敢打电话。"

之后的几个小时里，我脑子里一直在晃悠，那个曾经跟你住一个病房的 42 岁的郭万伟，那个拿着儿子照片跟你炫耀的两个孩子的爸爸，那个在你病危期间，带着全家来鼓励你并推荐你去看中医的热心汉子……想着想着，又哭了。生命啊，为何这么脆弱？人生啊，为啥这么无常？

只是想告诉你，你和万伟兄弟那么要好，他去得晚些，你照顾一下他吧，你们，在那边要互相帮着点儿啊。

还有，你闺女英语四级考过了，准备继续考六级，同时，她已辞掉了学生会等诸多协会的职务，只留下支教队的工作，且很有可能会担任队长，祝贺她吧。再者，我把咱丽春路的房子卖了，换成了新区当年你去看过的，想要却因钱不凑手而没有弄成的那个小区的房子。这三个月来，我跑遍了洛阳的所有建材城，学着跟人讨价还价，试着去琢磨那些水啊电啊，在以前从来都是你操心的事情，朋友们常有来帮忙的，可我依然觉得累。唉，说真的，有时深更半夜回来，要不是怕饿死，嘴都不想张了。不过，我盘算了一下，没找装修公司最少省了两万块，家具直接从厂家订，又省了一两万，比照我一个月三千元的工资，我还是觉得自己比较有成就感。你若在天有灵，便赐个梦给我，赞一下哈。

今天，让保洁打扫了所有的房间和窗子，感觉很美，我把你的照片放在北边的飘窗上，你只需平视，整个洛河包括洛浦公园便尽收眼底。我又想起你生前常说的那个愿望来，面朝大海，春暖花开。只是，洛阳没有大海，只有洛河啊，所以你就将就着吧。

最近我忙，你就招呼好咱的新家吧。

对了，前几天我去看你，烧了很多纸币，你记着收一下，天冷了，买些衣服吧……

夜深了，我也累了，不说了，彼此安好。

2013 年 10 月 10 日夜

无疾而终的表兄

早上，下着零星小雨，空气里夹杂着些许沉闷。

百无聊赖，我坐在窗前看云飞雾绕，竟迷迷糊糊地进入了梦乡。梦里，我在崎岖的山路上开车，艰难地行走，一路上行人密布，手心捏出了一把汗；醒来，满心惆怅，浑身倦怠。

于是，我来吉彩，猛游 500 米，感觉轻松了不少。出来时，微信上跳出弟弟的一段话："表哥 CC 不幸于今日凌晨突然去世。今天恰遇他六十岁生日，他的子女们从湖南赶回来为他祝寿，不想却是祭日……"咯噔一下，心仿佛被人踹了一脚，说不出的滋味儿。

听父亲说，表哥小时候得过病，治好后落下了后遗症。记忆里，表哥有以下特点：第一，不太会孝敬父母。姑父五十多岁驾鹤西去，没留给他照顾的机会；姑姑临终前几年，总是在表姐家居住，一年到头，也不见他去一趟。第二，不懂基本的礼仪。有一次他路过舅家门口，看着老舅（我父亲）在干活，连个招呼都不打一声，径自离开，却不知，老舅满眼里，全写着对他的疼爱。第三，不善与人沟通，不太会讨好家人。与表嫂的关系一直比较紧张，与亲戚们也不怎么来往。第四，爱喝酒，经常醉。他住的房间里，不敢放酒，不然，半夜醒来，也要小酌几杯。临终时，枕边还放着空酒瓶。

表哥也有优点，大致如下：优点一，长得较帅。眼睛很大，忽闪忽闪的，似会说话，估计表嫂当年多半是被他的长相迷惑了才嫁过来的。现在还依稀记得他们结婚时的场景——表嫂喜气洋洋地被人从架子车上挽下来，小巧玲珑的模样儿，满脸写着幸福。那时我还小，很多事弄不明白，后来，总觉得表哥的眼睛虽大，却有些空洞，脸型虽然方正，却无光泽，怪不得表嫂总是骂他。优点二，生养了几个好儿女。表哥一生养育两女一男，个个聪明乖巧。几年不见，三个孩子如同上了化肥的庄稼，一下子长大了，成熟了。记得有一年的春节，我去看姑姑，三个孩子一见到我便飞奔而来，拉着我的手喊我姑姑，亲热得叫人惭愧。尤其是表侄女们，美得如同两朵盛开的牡丹，令人惊艳。闲谈时，方知三个孩子都去了湖南打工，而且干得有声有色，用自己赚的钱在城里买了房子，日子过得有滋有味儿。

表哥三代单传，虽有些愚钝，却生养了一群聪明伶俐的子女。表哥一生不懂孝敬父母，却在生日的早上，无疾而终，侍奉他的父母去了。也许，姑姑、姑父想念他们的独生子了吧？或者，上天执意要让表哥明白，人这一生，必须学会感恩，此生不报，就用来生？不然，他为什么偏偏在六十岁生日的非常时期突然离去？

这世界，太过奇妙。

捧半盏茶，敬于姑姑、姑父，抚一曲《流水》，歌一声《离骚》，愿你们在那边一切皆好；举一壶酒，送予表哥，天青色等烟雨，父母在等你，沽酒买醉，一路走好！一路走好！

2014 年 11 月 27 日，感恩节。雨落故居，恍若隔世，不理窗外事，不问卷帘人。唯叹浮生若梦、浮生若梦……

2014 年 11 月 27 日

龙 归 东 海

我说：你属于猫科。外表如虎，强悍、凶猛；内心似猫，善良、柔弱。你不服，伸出你与常人不一样的大手辩解你是龙，虽强，却不压地头蛇，所以你总是被小人伤害，且多是暗伤。你还说，你的归宿是东海，所以取网名"龙归东海"……

今日立冬，寒气上升。我早上起来，望着窗外的阳光，有些恍惚，对女儿说："我还没有做好过冬的准备，秋天怎么就走了?"然后径自流泪。女儿莫名其妙地看着我："妈妈，您是不是不舒服?"我说："没有、没有，只是不明白，崔阿姨她……怎么能说走就走呢? 她不见我最后一面，怎么会走呢?"

我记不清何时认识你的，有二十七八年了吧。你一米八的个头，身材魁梧，声如洪钟，但因腿脚不便，总是手不离拐杖，你说，你曾是一名优秀的运动员，曾驰骋篮球场，后来因为腿受了伤，退了，再后来，爱上字画，就开了店，把生意做到了广州、上海等地，20 世纪 90 年代初，你轻而易举地在上海拥有了自己的房产。你说，你已多年不怎么去广州了，可去年春节，听说我想去广州过年，立马打电话说"那里有好朋友，可以一条龙给安排"。吓得我关了手机，好几天不敢跟你联系。你知道，我这人特认真，一生信奉"吃蒸馍还卷子"的观念。再说，从你这里，我总是在得到，却少有付出，小到红枣、蜂蜜，大到名人字画，你基本上都要逼着我拿走，否则就跟我急。我曾很认真地问过你："我何德何能，让你如此劳神地对我？"你却轻描淡写地一笑："上辈子欠的。"

你的名字叫崔改峰，属龙，1952年的龙，这山一般的名字造就了你伟岸的性格，我总是嫌这名字不够温婉，所以平素里只叫你"崔姐"或者"大崔"。

奥运会以及之后的那两年，我被没完没了的工作缠着，身体几近崩溃，一度住进医院。你竟然给我的领导打电话替我请假，然后带着我一起下江南，去西津渡品尝美味的刀鱼，去瘦西湖聆听那天籁般的音乐《烟花三月》。你说你见过的法官，大都戴着面具或穿着防护衣，只有我，傻傻的、呆呆的，不会保护自己，所以累到病倒。

那天，在金山寺，你说你很丑，缺乏女性的温柔，有时还很孤独，因为看不上很多人做的很多事儿。我说：一个人对一个人，不是因为美丽才喜欢，而是因为喜欢才觉得美丽，正如我眼里的你，像天使，一个高大的、剽悍的、善良的天使。你大笑，直笑到泪流。然后你说："我们俩是一对的差窍，但却是一样的大朴不雕。"

那一年，你领来一个漂亮女子，说："她真是过不成了，帮她离了吧。"我说："婚姻这事儿，怕是有外人不能体会到的滋味儿，还是让当事人自己决定吧。"你却急了："我知道她过不成，她想去上海，我已经把上海的房子跟她洛阳的房子都换了，你帮她办个离婚就那么难吗？"那漂亮女人站在我面前，眼泪如断了线的珠子般，边哭边念叨："如果不能离婚还不如死了算了。"我终于动了恻隐之心，指导她立案，并以最快的速度安排调解，没想到传票一发，双方很快达成协议——离了。那位美女从此去了上海再没回来。而你却在某天的深夜，哭着给我打电话："那是浦东啊，那么贵的房子，我把户过在她名下，而她却心疼洛阳这套经济适用房了。这人心，怎么就这么难测呢？"我无言，只能安慰你："没事儿，你不是有换房协议吗？了不起打官司呗！"后来，你真的打了一场官司，几个月后，你捧着胜诉的判决书却哭得一塌糊涂："大半辈子的感情啊，就这样没了！"

2015 年的 8 月，突然听说，你双腿发炎，去了某医院，住院二十天了，仍没止住烧，我去看你，劝你换个好点的医院。再后来，你去了 S 院（说是感觉没什么大事儿，因儿媳在该院，便于照顾）。那是个星期三的上午，我到医院看你，你说，法院执行局的同志把房产证送病房了，你很感动，多年的心病终于治好了。

2015 年的 8 月，我在新疆办案，你儿媳突然哭着打我电话："阿姨，我妈她进了 ICU……"我想，我不回去，你便不会走，我断定你舍不得。于是，这两个多月来，我辗转青海、内蒙古、陕西、宁夏，就是不去见你，只是过几天在电话里询问你儿子。他总是安慰我："阿姨，放心，好着呢！"

我希望你醒来，奇迹般地醒来，可是，你却走了，就在公元 2015 年立冬的这天凌晨，义无反顾。

这些天，我觉得自己脾气古怪，总是想骂人。今天，忍不住还真的骂了："娘希匹，什么水平，治个腿，怎么就把人给治没了？"几十万元没了，人也一起没了，只为看个发炎的腿啊……

现如今的医院啊，我也真的是醉了。

2015 年 11 月 9 日夜

别了，舅舅

下着小雪，我们姐弟三个驱车来伊川县白沙乡石岭村为三舅送行。

石岭村是三舅养父母的家乡，三舅小时候被送养到这里，之后便与此地结下了不解之缘。

我无法评判这是他一生的幸或者不幸，更不能也无资格谈论那个食不果腹的时代，前辈们的是与非，但三舅心中似乎总残存着丝丝怨恨，成年后的他，也许希望回到故乡襄城县，也许有些割舍不下与养父母的情愫，也许还有其他种种无以言表的无奈，总之，他最后还是选择远离他的兄弟姐妹们，在此地终老一生。

27日我与朋友从江苏办案回来，夜里十点曾路过襄城县，我说"我舅家到了"，朋友们还在调侃："不走了，在舅舅家过年吧。"这令我一下子生出许多惭愧来，无颜讲予人听。因为：大舅二舅均已仙逝，三舅在数年前又迁去伊川定居，自此便和他的两个姐姐（三姨和我母亲）还有我们这辈人少有来往，母亲常常在逢年过节的时候含泪念叨他，但终因距离太远（母亲近年常住上海），加之年事已高，身体不好，而未能与三舅见面。我们，总是说去看他，却又总是被繁杂的琐事纠缠着纠缠着而疏于前行，不想，他却在2016年新春即将来临的时候（1月27日），撒手人寰。

三舅是母亲兄弟姊妹中最小的一个，享年七十六岁。

前几天，我去上海看望母亲，她说，这些天总是睡不好，晚上老觉得有人叫她，当时，我以为母亲是想家了，便劝她回来过年，现在才明白，母亲是想她的弟弟了，莫非，亲人之间，真的有心电感应？

三舅一生太过刚强，从不示弱与人，亦不怎么亲近晚辈，更不向人流露心声，所以我们眼中的三舅，总是有些陌生，有些模糊，亦有些距离感，现在想来，他从小被送养他乡，少不了受些委屈与磨难，性格里多些敏感与孤傲自然也就不可避免。为何我们不能多一些对他的理解呢？为何我们不能多给他一些体谅与包容呢？想来，已是数年没有看望他了，以至于这次很吃力地，才找到这个叫作石岭村的地方。想着这些，便由不得生出许多自责与惭愧来。

唉！从此以后，这世上，母亲又少了一个至亲至爱的人。而我们，却再也无权享受拥有舅舅的岁月，"舅舅"这个词对于我的兄弟姐妹们来说，已成奢侈品。

三舅今日上路，可是来送行的人并不多，窄窄的村道上，稀稀拉拉的奔丧队伍，断断续续的哭声，伴着三舅的魂灵，总觉有点清冷，许是上天看到了吧，便派飞雪来送，于是我们在一片白色中艰难地前行、前行。

敬爱的三舅，一路走好……走好！

2016 年 1 月 30 日夜

立　夏

总有一些节气让人无法忘记，总有一些日子让人伤感。

记得去年那场大雪过后，我告别了一个拥有舅舅的时代。今年，在这个牡丹凋谢、芍药盛开的季节，又一个事件不幸降临——姑姑走了。

按说，姑姑已过了 84 岁生日，也算喜丧了，可还是忍不住伤感，感念天命难违、感叹岁月无情。

想着大年初六那晚，我们姐妹几个去拜访她老人家，小妹带着三个月大的"暖洋洋"一起去，她逗着"暖洋洋"说话，小丫头对着老人家咯咯地笑个不停。姑姑当时非常高兴，不停地唠叨："嗨，看来我今年死不了了，你们看，小丫头对我一个劲儿笑呢!"

牡丹初开的时候，表妹说，姑姑被确诊为"再障"，医生让住院。其间，我陪着老爹老妈一起去看她，见她精神饱满，脸色红润，全然不像一个病人，之后便自顾自地忙活起来。转眼月余，上周三晚上，父亲来找我，说："你姑的病怕是不好治了，她出院回老家疗养了。"我还不信地说："怎么会呢?"父亲没有辩解。我说："周四周五这两天有四个庭要开，周六上午，一定回去看她。"父亲点头说好，跟我聊了一会儿，回去了。

今日立夏，晚饭后，我浏览着手机里那些关于立夏的段子，忽然有一首诗映入眼帘："山光忽西落，池月渐东上。散发乘夕凉，开轩卧闲敞，荷风送香气，竹露滴清响。欲取鸣琴弹，恨无知音赏。感此怀故人，中宵劳梦想。"

我觉得这诗有些悲凉，便关了手机，想休息，却心神不定，了无睡意，辗转至凌晨4点，方迷迷糊糊地睡了。近早上8点，我醒来时，忽见小弟发来的一条微信："从此后，姑姑成为故事。"我感觉被人当头打了一棍似的，欲哭无泪，觉得对不起姑姑，没有及时再去看她，也对不起母亲，她上月去上海时，再三念叨："记着常去陪陪你姑啊！"也对不起父亲，他专程跑来提醒过我啊。

唉，人已化仙，旧事不提……

今日立夏，万物至此皆长大。我想，这世界，谁也不知道死亡与厄运哪个先到，所以，我们应该，学会淡然，学会释怀，学着把生活的琐碎和凌乱不堪扎成花儿，别在胸前。学会从现在起，对亲人好，也对自己好，决不给人生留下遗憾。

后记：仅以此文献给立夏之日仙逝的姑姑，也希望我刚刚失去母亲的老表们，节哀顺变。

2017年5月5日夜

无　常

星期天失眠，这不是我的习惯。我强迫自己闭上眼，似睡非睡时，仿佛又做起梦来，梦见自己在一列火车上，说是有人掉下去了，还受了伤，需要大家帮忙，整个车厢乱糟糟的，我一下子被惊醒，再无睡意。总觉得有什么事要发生，会是什么呢？

坐起来看手机，朋友圈有一则这样的信息："家父 QCH 于2018 年 11 月 29 日晚 6 点因突发疾病抢救无效，永远离开了我们……"

不会吧？不会吧？我不相信，虽然是深夜，还是拨通了"上铺（司法学校睡在上铺的同学 FY）"的电话核实，希望这不是真的。

可是，我"上铺"却说："是的，平常就没得过病的一个人，说是胃疼，没有在意，没想到却是心梗，走了。可惜了，才五十五六岁的年纪，也可怜师姐了，中年丧夫，悲痛欲绝啊。"

生命可真是无常！就像是坐缆车，还没到站呢，他怎么就掉下去了呢？

他叫 QCH，是我微信圈里一个不常联系的朋友。大约在六年前吧，我"上铺"打电话跟我说，安阳中院一师姐的老公来单位找我，有个事情，希望帮忙协调一下。"OK！"我一边答应着，一边赶紧从邻近县往回赶。听我"上铺"说，他是安阳某学院的书记，法学教授，兼职律师。见到他时，我感觉他的确不同于那些个专职的律师，高高的、帅帅的，很儒雅，话不多，却风趣，诉求明确、具体，不逾越法律半步。记得那天，我约了两个同学一起请他吃饭，大家还半开玩笑地说：师姐的丈夫应该叫"师姐夫"的，不过太拗口，还是叫"师兄"或者"教授"抑或"书记"吧。他笑道："那就叫师兄吧，更亲切些。"大家均无异议，彼此留了微信，临别时还叮咛着"常联系啊"，可大家却都被岁月折磨得没有时间常联系，逢年过节的时候，偶尔会发个信息问一声好。

2014年的某一天，我被朋友们叫去安阳参观一家飞行学院，说是可以投资，回报率很高。当时的我有点动心，我突然想到这个师兄就是大学的教授，便给他打了个电话咨询，他说："安阳这两年非法集资挺厉害的，还是慎重点好，换作我，是不会投资的。"于是，我悄悄撤回了那份准备签名的合同。过了两年，我就听说，当时签合同的人大都去打官司了。

转眼数年过去了，在11月中旬的一天上午，我的手机里突然蹦出三个字："早上好！"我当时正在看朋友圈里一篇《天渐冷，请君多珍重》的文章，便顺手转了过去，不想这次对话却成了永别。

人生啊，真是无常！

真心心疼微信那头的师姐，曾经同甘共苦、执子之手的人，终究还是没能一起走到最后。

突然想起李宗盛那句歌词来："越过山丘，才发现无人等候。喋喋不休，再也唤不回温柔。"我知道，这一刻的她，悲伤是止不住的，谁劝也没用，这种痛，只有时间能医治。于是，在这个寂寥的早晨，我只能坐下来，敲这篇文字，以寄哀思。还望师姐节哀顺变，保重身体，接受这突如其来的无常，因为，这世间，"未曾有一事，不被无常吞"啊。

同时也想提醒朋友们谨记：心梗，不仅仅是心不舒服，常常会表现在胃不舒服，千万别大意！

"师兄"原谅，今日风高雾大，路滑雨急，恕不能去安阳送您！

"师兄"QCH，走好！

2018 年 12 月 2 日

失　足

　　下午到社区值班时，看见夏师傅站在北楼东头，两眼有些茫然，见我过来，无奈地叹口气："唉，这下坑住我老伴了。"

　　门口有几个人在议论，说他老伴从四楼跳下来时，先是被树枝挡了一下，又被电线挡了一下，所以没死成，送医院了。

　　疫情期间，我在这个小区值班，出出进进的人，都戴着口罩，所以不太认得清她的模样。听说她七十岁了，退休前是市直机关的干部，老两口一生养育一儿一女，都给安排了工作。十几年前，在银行上班的女儿谈恋爱，为了恋人贪污公款，被判刑十年。刑满出狱后，她一直跟自己的父母在一起生活，快四十岁的人了，没有成家、没有工作，却也想得开，抽烟、喝酒、K 歌，天天倒是挺忙活的。

　　而夏师傅的老伴却抑郁了，少言寡语，不怎么跟人来往。三月初的一天，夏师傅见她从超市买菜回来，还劝她："看你脸色不太好，要注意身体啊！"她沉默良久，吐出两个字："失眠"，然后她提着菜上楼，下午又跑去儿子所在的小区，帮忙照顾孙子了。

　　二十一号早上起来，也不知何故，她先是砍了女儿一刀，然后下楼出门右拐，朝洛浦公园方向去了，良久又转回来，上楼回家（事后大家怀疑她也许想出去自杀，因没找到合适的地方，只好又回来了）。她的老伴，先招呼着女儿去医院，然后又出去找她，兜了一大圈儿，没找到，回来问门卫，听说她回家了，又赶紧往家赶，刚到楼下，却见她已从四楼坠下，趴在地上不省人事。

下午四点多了，夏师傅还在感叹："这个庚子年，咋就这么多事儿呢？我上午看见她时，并没发现异常啊。"

我听着这个故事般的真人真事，感觉心情复杂，我要是早点认识她，也许能劝劝她呢，毕竟，近年来我研究过不少有关抑郁的案例。

快下班了，我坐在夕阳下看余秋雨的《霜冷长河》，思绪却转到了夏师傅家的故事中——

那个为了男友宁愿承受牢狱之灾的傻女孩儿啊，你是否明白，你的爱早已偏离了方向？

那个用女友的铁窗生涯换自己安逸生活的男人啊，这些年来你是否承受过良心的谴责？

那个为了子女不顾一切，却唯独不知道关爱自己的老人啊，你是否清楚，抑郁是一种病，如若不治，后果会很严重？

我还是希望，奇迹会发生，希望她会活过来。我会去劝她：笑与泪，怨与恨，屈辱和不满，感动和温暖，其实都是生命的常态，只有活下来，去品味，去体会，上述种种才能慢慢地转换成人生的能量和养分……

该下班了，用余先生文章里的一首诗来结束这一天的生活吧——

"梦幻人生/发生了一个无言的故事/我相信了它/在日与夜的交异处埋伏/只等我失足。"

2020 年 3 月 21 日夜

老　太　太

　　她生前，我经常叫她"老太太"，有时也喊"她奶奶""这老婆儿"，她并不生气，还笑。星儿小时候，可能受我的影响，听到我下班回来的脚步声时，经常会跑到楼梯口吆喝："老赵，您下班了？"逗得邻居们哈哈大笑，这时，她便笑骂一声："这一家老少，没大没小的，真愁人。"……

　　转眼，女儿长大了，她也老了。

　　为她的后事儿，我忙了三天，有点累，晚饭后，趴在床上，想迷糊一会儿，眼前忽然出现幻觉：一条山路，绵延曲折，路上有光有花有树有草，山顶有标准的欧式建筑，屋顶尖尖的，灯光暖暖的，比宫殿朴实，比别墅高档，路边一老妪，拄杖站立，语气温和："看，天家——天父的家，姊妹被天父接去了。"我突然睁眼，似梦，但感觉自己分明没有睡着，再闭上眼寻找，之前的场景，已了无踪影。我一下子没了睡意，起来，站窗前眺望星空，见月满如盘，月光如水般清静地铺在室外的路上。对门那座尖顶教堂的灯黄黄的、暖暖的，如同她平日里含笑的面容。

　　我想，是不是老太太怕我担心她西去的路上有坎坷，捎信儿来了？

　　扭头看见她的手机亮了，有信息传来（她广州的一个姐妹发的）："感谢神，上帝的儿女在他手中，每人的年数由他而定，姊妹被接到天家去享永福了，在世上的工作停止了……"

她是耶稣的忠实信徒，不止一次劝身边的亲人信主，我们总是笑笑，也不反对，因为那是她的自由，她也因此而忙活了几十年，从一个文盲到能够流利地通读《圣经》，足见她付出了多少努力。她这样做，既充实了自己，也锻炼了身体，还结交了不少朋友，我觉得并无不好。

我是党员，我不信主，但有时回老家，闲着无聊，也会偶尔翻看她的《圣经》，每当此时，她总是喜形于色地、欢快地端吃端喝，还不忘批评弟弟妹妹们："看看你嫂子，人家没事就读书，你们既然不爱读书，就做饭、打扫卫生去。"为此，我不但逃过了不少家务，也深得她的厚爱与信任。

她姓张名 QX，1938 年 6 月出生于宜阳县柳泉村。60 年代初期嫁到洛阳郊区辛店乡（现辛店镇）延秋村魏氏家族，此后生儿育女，做了寻常的相夫教子的妇道人家。老爷子是中小学教师，一生耿直良善、仔细认真、脾气温和不足、火暴有余，为此，她曾受过不少委屈，但在她这里，多是顺从，少有抗争。不过，她对子女的婚事却是挺在意的，1990 年，我刚嫁到魏家时，她并不满意，大致是嫌我娘家是农村的，兄弟姐妹又多，担心家里穷，怕将来连累她儿子吧，可她儿子说："我过日子我说了算。"她便不再言语了。又几年，弟媳从大庆嫁来魏家时，她说："太远了，得几千里吧，这怎么能行？"小叔子一句"我愿意"，她便同样没有后话了。

之后，在与老太太共同生活的一段时间里，我发现她身上有很多优点，我跟着她学了不少家务活的技巧，比如收纳物品，比如织毛衣，比如摘菜剥葱、铺床叠被等等的细节问题。而她也一改过去挑剔的态度，对我视如己出。我女儿出生后，她常住我们家一年多，后来因牵挂老家那一摊子事儿，又把女儿带回延秋，一把屎一把尿拉扯到三岁，我回去接女儿来市里上幼儿园，她哭着说："咱老家也有幼儿园啊，为啥非得去市里上？"后来见拗不过我又跑来我家，专程负责接送她孙女。说实话，那些年，我的日子过得比较轻松，家务大部分由她做，孩子大部分时间是她在照顾，我也因此而年年被评为单位的先进分子，有一年还因表现突出而提前晋升了一级工资。后来常想起先生说过的话："我妈是刀子嘴豆腐心，她就一活菩萨。"

感觉她可能更喜欢孙子。1992 年女儿出生时，她焦急地等在产房门口，当护士推门报喜"生了，是个千金"时，她"扑通"一下地坐在门口的连椅上，像个泄了气的皮球（后来听朋友说的）。又几年，等到弟媳产下侄女时，感觉她差点也跟着婴儿的啼哭声一起哭了。也难怪，在她的视野里，"没有孙子就是无后，无后是件丢人的事，因为屋里人总归是不太中用的"（她通常喜欢把男人称作"外面人"，把女人称作"屋里人"）。但是，她待她的孙女们却总是无微不至，有时甚至是溺爱。记得女儿上中学时，爱喝饮料，爱吃方便面什么的，一下子胖得不行，我阻止女儿，她却说"不胖，看俺乖快瘦成豆芽菜了，想吃啥说一声，奶奶去给你做！"

她年轻时，托老爷子的福转了市民户口，后来老两口又在镇上分了楼房，可她却偏偏离不开延秋那片古老的土地，老爷子走后，她缠着让我把她的户口转回老家，有事没事就回去转转。有时让小姑子骑电瓶车陪着去，偶尔也会打电话让我开车送她，却又总是一边担心影响我工作，一边又心疼油钱，感觉开车太浪费，所以，大部分时候她都索性自己坐公交，还笑着说："多好，免费！"

2012 年 11 月，老爷子病逝，次年 3 月，先生突然离去，她常在深夜痛哭后，还在白天来我家，做好饭盛上，嘱咐我记得吃饭。后来，她的小儿子调往广州工作，市里就剩下我和小姑子，她不愿意常住市区，总说地方小、"着急"，坚持居住在镇上的那套房子里，她抽空在老家延秋的院子里刨出一块地，种了各种蔬菜和花草，每周回去一到两次，浇水施肥侍弄那些菜和花，之后再把长熟的菜摘了，平均分成两份，坐公交送给我们俩。

她喜欢干活。夏天，她会去人家收割完的麦田里捡些别人遗留不要的麦穗，回来用手搓成麦子儿，再拿去镇上磨成面粉，装袋子里送来，我说："您忘了我爹种了十多亩地呢？"她笑笑："你们家是红土地，这是白土地，味道不一样的。"初秋，她突然又送来一小袋儿黄面，很满足地告诉我："前几天去地里溜达，回来赶紧剥了磨成面，很新鲜。我知道你娘家那边有，可这是早玉米，你家那还没长熟呢。"

她喜欢整洁。所到之处皆一尘不染、井然有序。那时候我工作忙，家里常常顾不上收拾，她只要一来，我家马上便会旧貌换新颜。有一次，我请同事来家里吃饭，他们看着我的厨房厨具，笑着说："你家肯定没做过饭，你也不会做吧？"我说："我会做。"他们则满脸不信任地说："算了，咱还是出去吃吧。"我后来才明白，是因为大家见我厨具太干净了，像是没用过一样，所以同事们怀疑我不会做饭也没做过饭。

她很端庄，年轻时应该很漂亮。她一辈子虽没有穿过太贵太华丽的衣服，但所有的穿戴都干净、合体、清新而不落俗套。

她很聪明，是个巧手老太太，她总能把不起眼的东西变成充满生机的样子。延秋那所老宅，多年不住人，差不多荒芜了，经她一折腾，竟成了全家人的菜篮子和花园子。疫情期间，她在家没事，就把一些旧衣服拆洗了，做成鞋垫，配上精美的手绣图案，然后分给她的子孙们，她说，脚底踩布，走路踏实平稳。我看着那手工，觉得那不是鞋垫，而是标准的艺术品，便让闺女收藏了，不承想，成了绝版。

这两年，感觉到她老了，行动有些迟缓，耳朵也有些背了，劝了多次，让她少干点活，可她总是不听，总说："没事儿，我会小心的。"

7月3号，那个黑色的星期五，她一个人回老家摘菜，看到二楼房顶的花墙边长了一棵小树，便想用镰刀割掉它，不想，刚下过暴雨的房顶有些滑，那陈年的花墙也因老化而突然坍塌，她不慎从二楼摔下来，伤了头部，再也没有醒来。

我不相信她会这样离开，一边包扎她的伤口，一边跟表姐说："你看，她睁眼了。"表姐摸着她冰冷的身体，安慰我："妹子，她去享福了，咱不伤心，好吗?"可是，我却分明看见表姐背过身去泪如雨下。

这两天，手机一直在响，我看看手机，有外地的，有本地的，有陌生的，有熟悉的，大都是说工作，我不想接，不想说工作。我想，我总是没完没了地忙工作，总觉得那些当事人不容易，可是近来，我却忽略了一个最不该忽略的人，只说她最近身体不错，状态很好，可我却忘了，她已经83岁了，还在一个人生活，毕竟，她才是真正不容易啊。

在这尘世间，我跟她相处了三十年，这三十个春夏秋冬里，有多少次斗转星移，有多少的细水长流，我都不记得了，只记得她的朴实无华、她的任劳任怨、她的勤俭能干、她对子孙们无私的爱。

谁说婆妈不亲? 我跟她，从来没有疏远过。

2020 年 7 月 5 日夜

祭　母　文

　　感谢亲人们百忙之中出席我们最亲爱的母亲大人张秀荣的送别仪式，陪伴她走完美好人间的最后一程，祈福她迈向天堂的春天！

　　母亲生于 1935 年的春天，于 2023 年 4 月 9 日（农历癸卯闰二月十九）4 点 50 分永远离开了我们，享年 88 岁。母亲一生勤劳朴实、善良真诚、头脑清晰、高瞻远瞩、意志坚定、毅力超人。虽出身清贫，但志存高远，一生耕读不辍，更是言传身教于子女和孙辈，一世践行位卑未敢忘忧国和不以恶小而为之、不以善小而不为。母亲原籍许昌襄城县，少时曾经颠沛流离遍尝人间心酸坎坷，后得益于政府英明、兄姐支持，加之自身求学若渴，1950 年有幸走进新式学堂，终获初中文凭。有了文化的母亲爱国爱家、胸怀天下，曾萌生到新疆支边甚至有过当新华社记者的梦想，终因诸多原因未能如愿，1960 年，母亲因思念其二姐、三姐心切来到洛阳，其间相遇了知书达理的父亲，结为连理。此后父母二人生育八个子女，母亲含辛茹苦，起早贪黑，身体力行，不舍昼夜，竭其所能，尽教导养育之力，以超乎寻常的智慧和付出抚养八个子女成长成才，后又克服病痛帮助照顾孙辈，母亲从来没有说过苦累，始终以正念循循善诱激励晚辈们永远奔走在进取的道路上。

母亲酷爱读书也鼓励晚辈们好好学习，她和父亲最爱跟子女们说的话就是："读书是头等大事，只要你们愿意读书学习，我们就是砸锅卖铁、拉棍要饭也要支持到底。"受父母教诲，八个子女也都勤勉努力、踏实做人，如今都各得其所、幸福美满。老大曾经教书育人，老二担任四级高级法官，老三获聘大学教授，老四担任律师工作，老五曾任村里支书，老六守法个体经营，老七、老八从事医护工作，救死扶伤、敬佑生命。孙辈们更是不负厚望，有的做了人民教师，有的京津干事创业，有的欧美读硕攻博，有的保研重点大学，有的本科位列前茅，有的中小幼里茁壮成长。这些当然离不开三岔口民风纯正的滋养，也离不开亲友乡邻的帮忙，但母亲的引领发挥了润物无声、不可替代的作用。她的智慧和善良甚至影响到了亲朋好友，每逢遇到有孩子上学需要帮忙的事情，从不给子女添麻烦的她会一次次破例要求我们想方设法、竭尽所能帮助这些有心学习的孩子们，说是帮其他只是帮一件事，帮上学却是帮一辈子。在母亲的感召下，已有好几个亲戚朋友的孩子因此而终生获益。

母亲乐善好施、慈悲有加，总是先人后己。常给子女们讲"送人玫瑰，手有余香"的道理，在自己并不宽裕的情况下，常常把节省下来的东西赠予有需之人，甚至对素不相识的陌生人她也总能倾囊相助，然后非常满足地念叨"自己吃了填坑，别人吃了传名"。还说"舍得"就是只有舍了才能得到，至少也能得到快乐！

母亲不怒自威、教子有方，她要求子女们要朴实勤劳，多付出，少计较，多宽容，少抱怨。母亲性格开朗，对生活永远保持正能量。她50多岁时因操劳过度，患上了糖尿病，注射胰岛素成了她生活的日常，为帮衬子女安心工作，她依然像陀螺一样穿梭在需要她的地方，或北上天津，或南下上海，或常住洛阳，在忙碌的日子里，早晚各一针，三十二年如一日，从未间断，但母亲不怕麻烦，严格自律，"管住嘴，迈开腿"，积极向上，心存阳光。为了减轻子女们负担，母亲一边与病魔斗争，一边规律生活、注重锻炼。无论生活多累、多苦、多难，我们看到的永远是母亲温馨、宽容、灿烂的笑脸。母亲善良豁达，容天下难容之事，只记人恩不记人怨，十九年前，五妹突遇车祸身故，母亲虽痛不欲生，却依然含泪出具谅解书，希望法院给肇事者一个出路，母亲说"司机还是个孩子，一旦进去，此生便完了"。母亲她用博大的胸怀拯救了一个濒临获刑而破碎的家庭和一个冒失青年的一生。

母亲心怀高远，虽为一介草民，却教育子孙们放眼全天下，不忘报国恩。她常常对子孙们说"大河有水小河满，大河无水小河干，你们无论在世界的哪个地方拼搏奋斗，都要永远不忘初心和回家的路！"

桃李不言下自成蹊，母亲的言传身教带出了优良家风，带来了阖家"温良恭俭让"的美德。数十年来，全家和睦相处，温暖以待，互相帮衬，荣辱与共，唯恐自己不够周全。家里大事小情，母亲住院花费，等等，我们兄弟姐妹从来没有讨论过谁该出多少钱的事儿，却总是不约而同、争先恐后地有力出力，有钱出钱，有智出智，要么悄悄交上手术费，要么偷偷补上住院款，或者把钱放在家里等离开后才电话告知一声，母亲用的胰岛素从来没有用完过，大家就提前买了回来，甚至造成药物过期的现象时有发生。母亲倡导的"争着不足、让着有余"的氛围在我们大家庭里不知不觉已蔚然成风。

世界很大，我们却走不出母亲对我们丝丝缕缕的牵挂；岁月很长，我们却走不出母亲用爱编织的亲情网。母亲老了，她却永远对世界充满好奇，对生命充满热爱，对生活充满热情，对晚辈们充满期待，对拥有的一切充满感恩，对来之不易的幸福日子充满渴望、依恋与不舍。锲而不舍终身学习和修炼，晚年拿着放大镜在阳光下读书的身影已经定格在晚辈们的心中。母亲永远在念叨：孩子好、闺女好，两个儿媳妇更是好得天下无双、世间仅有。也总念叨孙子、孙女懂事好学。更念念不忘亲戚们的情意、邻居们的友善、乡亲们的厚道！她说"我很满意，也很知足，此生没有任何遗憾了！"母亲不止一次地说她不怕死，只是过上这么好的日子，她真的舍不得！相遇这么多的好人，她实在丢不下啊！她用超乎常人的坚忍和毅力一次次战胜病魔、创造奇迹、向死而生！她是子女们永远的学习榜样和心中屹立不倒的丰碑！

母亲常说"一日之计在于晨，一年之计在于春！"在这美好的人间四月，她把自己的生命永远定格在了春天！也让人间温情在春风里传递蔓延！亲人们围着她，亲戚们看望她，乡邻们护送她。大家对她浓浓的爱足以抚慰她的在天之灵永远幸福安息！

音容笑貌今犹在，高山流水不复回。母亲大人永远活在我们心中！

母恩浩荡，无以言表；母爱永存，终生难报！

呜呼吾母！母终未死，躯壳虽殒，灵则万古！！

母亲大人永垂不朽！！！

2023 年 4 月 10 日

第三部分

那些喷薄而出的感慨

有些感慨，不吐不快。你可以听可以看，也可以视而不见，因为我说过：人和人最好的关系，是不勉强，只有这样，大家才活得轻松不累。

噼里啪啦又一年

腊月二十七日晚，雪，开始飘起来，一片一片，打在车窗上，我握着方向盘，不知道去留。是随女儿在洛阳的婆家过年？还是到天津陪伴父母亲，与三妹、四妹她们一道消遣？

不知不觉来到高速路口，问高速交警："能走吗，去天津？""能，慢慢晃悠吧。"他替我下了决心。

时间如若倒退十年，我也许会觉得这次旅行很浪漫，但今夜，我分明觉得，车走在下雪的路面上有点战战兢兢。每经过一个高速休息区，我都会在心里默念一句，"Oh，my god！（哦，天啊！）"三妹来电说："也许没有人能如你这么幸福，这么专心地领略燕赵大地的雪景和夜景呢，但切记注意安全啊。"是啊，经她这么一说，我感到眼前的华北平原竟一下子变得美丽起来。

当天津大学九楼那座标志性的建筑在车窗前晃动时，我忍不住泪流，这应该是快乐的泪吧。低头看时间，我已在美丽中穿越了11个小时，不禁赞叹亲情的伟大。

2001年，三妹放弃某区检察局局长、纪委常委职位的诱惑，来了天大，朋友们说她为了超越自己，可我知道，她更多的是为了亲情。之后便是拼搏，便是辛苦，当副高的光环笼罩她家的时候，当一篇篇的论文集成册子的时候——同事们说：她太有才了；岁月说：上帝偏爱勤奋者。

2005 年，四妹一家，也来天津，在大学里做一些小本生意，一半为了生计，一半也为亲情。所幸，功夫不负有心人，他们的生意虽然不大，却做得有声有色。姐妹们相互帮扶着，日子平稳而又殷实，渐渐地，他们与天津结下了不解之缘。冬天，她们把父母亲接来，共享天伦之乐。

转眼已是除夕。天津人似乎偏爱鞭炮，从下午起天大新园村的小操场上，各家的楼前，就挤满了放鞭炮的人们，他们的欢笑声像爆竹一样噼里啪啦地此起彼伏。接着，便是满地的"落英"，煞是美丽。我们姐妹几个挽扶着爹娘，笑着、闹着、幸福着、陶醉着，偏又在此时，传来千里之外女儿的电话。"妈妈，你好吗？给姥爷姥姥三姨四姨全家拜年了！"幸福中平添了几分酸涩。不禁让人感叹："人生只似风前絮，欢也零星，悲也零星，恰似连江点点萍。"

年初一，大家欢聚一堂，一瓶五粮液，伴着满桌的佳肴，亲人们频频举杯，其乐融融。三妹动情地说：十年来，在天津，虽然吃喝不缺，但思乡的愁绪总是飘啊飘，飘得人心冷，现在才明白，亲人在哪里，哪里就有温暖，父母在哪里，哪里就是家。我则觉得，结婚二十年了，年年的除夕和初一总在婆家度过，为那个家，渐渐地，透支着青春，消磨着年华，渐渐地，丢失了那个充满活力，积极向上的自己，收获了一箩筐又一箩筐的疲惫和无奈。先前脸上那些个甜甜的笑靥少了、没了，取而代之的是纵横交错的岁月的印记。如今，在白发苍苍的爹娘面前，我触摸着温暖，享受着亲情，感念岁月如梭，不禁潸然泪下。

之后的几天，平静、幸福、祥和。

雪，早已停了，北国的天，万里无云。初春的天津，乍暖还寒，我沐浴在清新的空气和暖洋洋的亲情里。

初六，踏上归程。三妹四妹来为我送行，挥手道别时，突发诗意，信手拈来，献给她俩——

山水茫茫本无涯，渤海深处映云霞，霞光云影今何在，津门桥外有人家。

远处，又传来噼里啪啦的鞭炮声……

呵呵，噼里啪啦的，我又送走了一年。

祈愿我的亲人们在这噼里啪啦中，幸福、安康、岁月静好。

2010 年 2 月 22 日

幸福不是水中月

　　也不知怎么了，总觉得最近乱了，一切都乱了，总是有接待不完的当事人，总是有办不完的案子，总是手机、座机同时响，吵得人耳膜发痛，总是烦躁无比，总是愁肠百结。仿佛自己正在经历一场炼狱。

　　干活干到麻木了。

　　我甚至有些后悔，选择了法官这个职业。

　　烦了，厌了，累了，我不想说话了。

　　去周山，看见一人，不合时宜地在放风筝，我心想，又不是季节，能成吗？但他却那么执着。

　　就这样：两支竹、一张纸、一根线，平凡的东西却被他塑造成了一种偶然；一阵风、一只手，双目相送中，昂昂然地，被举起，一种机缘。

　　我正看得入神，那人却又悠闲地诵起诗来——

　　"云的归于云，雾的归于雾，飞扬的归于飞扬，天空的归于天空……"

　　天呢，莫不是个神仙？我正摸不透，那边又飞来悠扬的声音——

　　"既然是风赐予的飞翔，就飞成风的样子吧！没有人知道，什么时候、什么地方，你带着亲人的梦想、朋友的希望。"

我愕然。好像有神人指导一般，下山来，突然决定今晚去看看我那多日不见的七十多岁的老母亲。

母亲就坐在院子门口的小凳子上，我的车还没停稳，她就颤巍巍地走过来："猜着你会来，我让老六做了你最爱吃的东西，又怕你太忙，忘了今天的日子，正准备让她给你打电话呢。"这时候，小妹抱着不到三个月的小外甥出来了："姐，你可来了，咱妈一大早就念叨到现在，说今年这个生日要让你过得轻松愉快，还特意嘱咐我去买了鲜花呢！"

看着白发苍苍的母亲，我甜蜜地笑了。

这时候手机响了，有信息在闪烁，第一条："妈妈，我去丹尼斯了，买了费列罗，好贵，但还是买了，因为今天是你生日。"第二条："庭长，今天是个特殊的日子，庭里的几个年轻人想请你共进晚餐，并品尝水果蛋糕，请务必光临。"第三条："我约了几个老同学，备好了红葡萄酒，在刘一手火锅店呢，来吧，减压、解乏，并祝你生日快乐！好友志屏。"第四条："二姨，我是月亮，我代表我全家在天津祝你生日快乐！我给你牧场添了666棵牧草呢，你高兴吧？哈哈……"

我的泪水已止不住了，是幸福的泪。

我知道，我不能倒下。我告诫自己，既然做了风筝，就要懂得：无论树梢还是枝头，我可能会被永久地深藏，也可能会被无情地折损，但毕竟我是幸福的，因为我带着亲人的梦想，带着同事的希望，带着朋友们的牵挂……我，不是我一个人的。

2010 年 8 月 18 日

球艺人生

近来，我常约三两个好友打乒乓球，出一身汗，很惬意。今晚，ZH照例来了，我们带着行头，上六楼。

十几个回合后，他说："总让你拾球，你不会生气吧?"

"怎么会呢，我接不住球，自然就得去拾球，这是天经地义的事啊。"

"这就好、这就好，我怕你生气呢，以后万一不跟我打，我会失去一个很好的球友。"他温存地笑着，一脸虔诚。

我总是尽力去打，打得很猛，很拼命，用他的话说也很潇洒，总爱进攻，却不会防守，所以失误很多，得分很少。而他则不一样，该进则进、该退则退，进退自如，时不时再来个突然袭击，当我憋足了劲儿，准备一拼时，他又和风细雨一般，正如他脸上永远挂着的温存的笑。于是我开始大意，开始不设防，这时他又冷不丁冒出一个转速极高的球，使我应接不暇。所以跟他打球，我总是输，可是我却鬼使神差般地，总愿意跟他打。

其实，人生也是一场球，也许你打得很烂，该赢的没赢，但你很拼、很尽力，我觉得，这也是一种精彩。至少我出了一身汗、锻炼了身体。

人这一生，也许可以遭遇很多坏事儿，命很苦，但是在那些苦难中，我们坚持着，观望着世事的繁荣与萧条，俯视着小人的上蹿与下跳，目睹着朋友的来来与去去，关注着子女的成长，细数着岁月的轮回，无论甜与苦，反正是走过来了。也许有悔，想想，再来一次也许还是一样；也许有恨，再想想，那些恨着的人和事，也已随风飘散了。

今晚，我确实打了一场很烂的球，但很拼，过程很精彩。

2011 年 3 月 11 日

指 尖 花 开

正月初六，太阳出来了，无风，难得的明媚、娴静。

去看十岁的小外甥儿QY，他叫过二姨后，便专心地蹲在地上，拨弄着我送他的玩具车。感觉无聊，转到卧室，看他的寒假作业，却偶遇五妹的遗像，那在心里埋藏了许久的酸楚，再次蓬勃而发。

八年前，五妹突遇车祸，走了。妹夫失魂落魄般地熬到如今，依然孑然一身。可是一个大男人，再怎么努力，也没法兼具女人的细致，所以总是顾了东顾不了西，家里比较杂乱，外甥的穿戴不太整洁，对人也不够礼貌，学习成绩亦不大好。几次，我跟妹夫商量，说想帮着带带外甥，均遭拒绝。也难怪，五妹去世后，妹夫对世间一切事，都心怀恐惧。儿子似乎也成了他的私有财产，容不得别人多看一眼。

离开外甥家良久，依然伤感，我捧一本梁凌的《心有琼花开》，坐在窗前，一字一句地品味。梁凌的文字，清澈、有韵味，一如高山流水。

好友小何来了，"亲姐姐，新年好啊！"她总是那么得体，又富有亲和力。有一些不慌不忙，又有一些不急不躁，所到之处，恰似一股淡淡的清风，又如池塘里偶尔泛起的片片涟漪。

"看，过年犒劳了这双美手，让指尖的花开了。"她骄傲地伸出一双莲藕般的玉臂，只见每个手指上，都有一朵荷花，小而精致，淡淡地吐着芬芳。我惊羡，一个负责给病人针灸的医生，竟有这般的文学素养。

"好一个指尖花开！"我的心情，一下子敞亮了起来。

"年过得可好？"我问她。"好啊！虽然老父亲还吃着官司，虽然别人休息我还得上班，但我依然会没心没肺地高兴，嘿嘿，就是高兴，没办法。"

"还是没心没肺好啊！"我捧着她的纤纤玉手，念，"荷风送香气，竹露滴清响……感此怀故人，中宵劳梦想。"

唉！五妹如果活着，也不过如她这般年纪吧。五妹也是个医生，五妹也爱荷花。

今天，在小何面前，突然意识到，最近，我有新任务了。我说："走，小妹，帮我去劝劝我妹夫，让他也学学你的'没心没肺'，或者——让他学会把心变成湖，在里面养一寸两寸的鱼；把肺变成园，在上面种三竿两竿的竹；把整个人变成沧海桑田，栽种荷花、牡丹花……使自己能够在挫折里享受快乐，从失落中搜寻收获，直到姹紫嫣红，直到心有百花开。"

2012 年 1 月 30 日

半杯残茶

　　有朋友来办公室，顺便给我带来一套茶具，晶莹剔透，我一看便爱不释手。他说：在茶城闲转，看到它时，眼前一亮，像遇见多年的老朋友似的，便请了回来。

　　其实，我不懂茶道。以前也不怎么喝茶。一则大半辈子都在忙着生存，忙着为别人做嫁衣；二则，骨子里有些大大咧咧的味道，倒是更喜欢"一壶浊酒喜相逢"的意境。

　　不过，既然有了漂亮的茶具，不妨也附庸风雅一下。于是我便泡了茶学着来品，慢慢地，竟喜欢上喝茶了，感觉是一件很快乐的事。一个人的安谧、两个人的知己、三个人的优雅、四个人的闲散，都是快乐，非常唯美。或一个人安谧独处，或三两知己推心畅聊，或四五人闲敬相聚，有茶相伴，都非常唯美增色、使人感到快乐。

　　今晚，我游泳回来，已近十点。悠然地坐下来，泡一壶毛尖，只见那些叶子一根根直立于水中，挤挤挨挨又有条不紊。我想，人就不容易相处得这么亲密又有致。人和人，倒更像车与车的关系，不宜太近，太近了，总免不了会有擦伤，于是对杯中的茶生出一些敬仰来。捧它起来，看那杯面上袅袅娜娜的云雾，品那杯子里丝丝缕缕的清香，突然想起官场上一位很久没有联系的朋友来。曾经，我们是那么亲密无间，还记得那些梦醉西楼的春天，还念着那些握在手中的温暖，可我们却无力改变自然规律，更无法扭转季节变换。两颗彼此温暖过的心，也会被岁月的飓风吹冷、吹淡。

数年后，又是一个牡丹盛开的季节，我终于又见到了朋友，可是，却如一杯泡过数遍的茶，不管曾经有多少"千红一窟，万艳同杯"的热闹，骨子里却一点一点地凉下去，淡下去。

朋友笑我："看你，拼了命地干了那么多年，付出了那么多的汗水，到如今，却是要钱没钱，要权没权，要地位没地位，何苦呢？""是啊！"我说，"这一片叶子再怎么努力，也不可能重返枝头，做一枚鲜嫩的茶叶；再怎么能耐，也不可能在沸水中重现最美的容颜。可是，它却可以无牵无挂，无怨无悔，坦然舒展在杯底。其实也没什么不好，且来浇花吧。"

他笑而不语。

茶冷言尽，但毕竟都是经历过那么多事情的人了，于是，彼此只消轻轻地说一声"喝茶"，便什么都懂了。

送他走时，我说，我虽是半杯残茶，却也并不自卑，因为：若论做人，我已尽了本分，其他都是别人的事了。他笑，笑得亦如一片舒展开的残茶……

呵呵，今晚的自己，就像是一杯冲泡过的茶叶，历尽煎熬后，半杯残茶，虽凉了、淡了，却也安静、释然。

半杯残茶，有什么不好？

2012 年 10 月 17 日夜

过　年

腊月二十日，我来医院护理病号。

我一进病房，便听到他儿子标准的镇平口音："可是哩，这儿比襄樊条件好些，我能行，你不用回来了，老娘有我照顾呢，过几天我再想办法回去，是长途啊，回头再说吧。"接完电话，他儿子憨厚地对着我笑："来了，我帮你打点水吧?"老朋友一般、亲切、自然。我问："石佛寺? 还是城关?"他儿子笑："眼力真准，它俩中间的。"

之后得知，他姓郭，七十二岁。两个月前，因胃占位，在襄樊医院住了二十多天，听人说150不错，便辗转前来。一晃已过来快一个月了。化疗、放疗，按医院的规矩一步一步地走着程序。他没什么话，脸色有些发黄，有时坐在床边闭目养神，有时躺在床上看看电视。小年夜，他儿子听说医院有晚会，兴高采烈地跑去看了。他一个人躺着，一动不动，嘴半张着，我突然抬头，吓了一跳，以为……慌忙走到他床前，他不紧不慢地睁开眼："唉，四五百里，回不去啊，还是省点钱吧。"我赶紧搭讪："你听，外面有人放鞭炮呢，其实在哪儿过年都一样的。""那可是。"他声音很小。

小年一过，他儿子便回了镇平。他说，老伴得了癫痫，之前由小女儿照顾，要过年了，女儿得回婆家置办一下，大女儿在深圳打工，没有买到回家的车票，他只好让儿子回去照顾老伴。我问："你一个人能行吗？""可中。"他一边说着，一边颤颤巍巍地站起来，去打开水，还不忘问我，"给你捎点水？"

腊月二十七日晚，我去打饭，见他也在，一碗小米稀饭，一个馒头，吃完了，顺便再带回一个馒头，说是明儿早上的饭。我看着他的早餐，不知为何，竟潮湿了双眼。

腊月二十八日晚，接医院通知，放假三天，所有病人可以回家。我和先生收拾了行李，走到大门口时，见他悄无声息地站着，目送我们。远处传来隐约的鞭炮声，他的身后，是冷清的伽马刀控制室和空旷的候诊大厅。他靠门站着，单薄、寂静、无助。

此情此景让我突然想起老家门前的那棵老榆树来，到了冬天，叶子落了，枝杈枯了，树干皱巴巴的，但却并不冷漠，常常成为玩伴们冬夜里捉迷藏的好去处。有雪的夜晚，拂去雪花，甚至觉得那树干暖暖的……

我跟他说："回去吧，老人家，除夕夜我来给您送饺子。"他眼里闪着泪花："好啊，过大年了！"

2013 年 2 月 12 日

故　　里

　　傍晚时分，天依然热得令人心烦。我跟弟妹说："弄不好地球也有更年期啊，不然怎么会这么不正常。"她笑曰："按照生物进化的理论，应该有吧。假如地球的寿命是一百亿年，如今已五十亿年，更了也算正常啊。""是啊，"我说，"它跟人一样，会生病，会烦躁，也会渐渐老去。"突然想着好几天没看到爹妈了，便与弟妹一起驱车回故里。

　　父亲惦记着每月一千元的工资，又去值班了。七十四岁，在那个叫作聚科的公司里，他是当之无愧的老大爷。母亲在厨房里专心地做饭，连叫了她三声，方才抬起头："你咋又回来了？这么热的天，还得整房子，就不要挂念我们了。"

　　我把吃的东西一样一样摊到桌子上，说："天太热，别做了，我都买好了。"这时，小外甥喜洋洋（三岁）一丝不挂地跑过来，看到餐桌上有一个名曰"喜洋洋"的奶油蛋糕，两手一抓，又激动地在脸上抹一下，还嫌不够，赶紧又在屁股上擦一下，再看蛋糕上留下一串爪印，小家伙知道自己犯了错，害羞地站着，黄昏的灯光里，已分不清哪是蛋糕哪是人了。他可能想弥补一下自己的过错，便凑到我面前："二姨，我会自己吃饭，还会给姥姥盛饭。等我长大了，开上车，拉着姥姥，去看你，呜——呜——呜……"蒸笼似的房间里立刻装满了笑声。我再一次劝母亲到城里住，她依然坚持说家里很舒服，不热，比起先前，真是幸福得没话说。

陪母亲和喜洋洋吃完饭，我因惦记着女儿，赶紧往回赶。想带走喜洋洋，可是最近又要上班又要整房子，真是力不从心，正为难间，小家伙走过来拉着我的裙角："二姨，明天你来接我好不好？你要上班，就让舅妈来接我，舅妈要上班，就让大姨接我，大姨要上班，让一方哥哥带我，哥哥要上学，就让姥姥带我……"

借着汽车的灯光，我望着弓一样直不起腰的母亲，看着乖得让人心疼的孩子想：人生可如母亲，质朴、善良，云烟般淡然自如，亦可如喜洋洋，简单、轻松，尤物般让人不得不疼。

2013 年 8 月 8 日

"偷"个馒头带回家

表姐喜得孙子，邀我们回农村的老家小聚，恰遇母亲节，我便陪着老妈一起驱车前往。

表姐的儿子和女儿来车前迎接，一边一个，分别扶着老妈和我的胳膊，一边欢悦地叫着"姨奶"和"姨"。突然感觉自己真是老了。正所谓"耳里频闻故人死，眼前唯觉少年多"。我笑着对老妈说："真威风呀，今天，您是'老姨奶奶'，我是'姨奶奶'。"

外甥媳妇抱了婴儿出来，粉嘟嘟的小脸儿，桃花一样，大眼睛扑闪闪似会说话。我笑着逗他："叫姨奶奶！"这小子竟然笑了。

主家置办的是水席，四个板凳、一张方桌，七八个人围坐在桌前，受劳人一道道端上满碗，再撤了空碗，一边喊着"来了!""借光啰!"一边哼着欢快的小曲儿。于是大人小孩分别用自己的小汤勺从大碗里盛了热汤热菜，放在自己的小碟子里，稀溜溜地吃了。那跑堂的不像在干活，倒更像在完成一件神圣的使命，那客人不像在吃饭，倒更像是在享受一件件艺术品。许多年没回老家参加这样的酒宴了，看了煞是羡慕。

这些年在城里，常感身心疲惫，竟忘记了工作原本是可以一边唱一边干的，也忘了吃饭原本是可以轻轻松松没有功利、没有负担的，更忘了人与人之间原本是可以不用设防的。

　　年轻人看我入神地看着这一切，还以为饭菜不合口呢，害羞地说声："姨，吃好啊，来，尝尝咱农村人自己蒸的馍。"顺手递过来一白面馒头。我端详着这馒头，突然想起儿时的情景来。那时，乡亲们有了红、白事儿，常常邀了邻里街坊来用餐，大家凑份子，一家三块五块地出了礼金，之后，大人便带了小孩儿一起去捧场，叫作"吃肉"或者"吃桌"。小孩子总是单纯的，不管参加的是红事儿还是白事儿，但见那满桌佳肴，就会兴奋，可着劲儿地吃，直吃到那饭菜快要从嘴里吐出来时，才恋恋不舍地离开，末了还要偷偷地带几块肉或者一两个馒头回家，塞给没能参加的家人，只是这"偷馒头"与"偷其他东西"是万万不能混为一谈的。现在想来，这其中可能夹杂一些"谁知盘中餐，粒粒皆辛苦"的味道吧，或者算是对那顿丰盛大餐的纪念吧。吃过肉的孩子总是免不了要兴奋一阵子的，于是，年少的岁月便在兴奋和对下一次"吃肉"的期盼中溜走了。

　　后来到省城读书，我渐渐淡忘了那些个企盼着有馒头可"偷"的岁月，再后来，随着时代的进步，早已不缺吃的了，城里的菜也算是色香味俱佳了，却总觉得少了点什么。是灶台里散发出来的泥土味儿，还是白面馒头里藏着的麦香味儿，抑或是邻家少年爽朗质朴的笑声？

　　那时的日子清贫，却甜蜜；那时的人们纯朴而轻松；那时的养猪人尚不懂用瘦肉精；那时的馒头里也没有防腐剂，更没有增白粉……那时的我，虽年轻无知，但脸上总是有笑容，心里总是有梦想。

　　外甥看我对着馒头发愣，马上走过来："姨，再来一个？"我笑纳，然后，用袋子装了，带回家。晚上，一个人凝视着"偷"回来的馒头，闻着久违的麦香味儿，就好像捡回了那些从指缝间滑落的岁月，又回到了阳光灿烂的从前。

2014 年 5 月 15 日

微　　笑

这些天，案件如井喷一般，总是有朋友或者朋友的朋友来咨询，也有拿着材料来请求通过诉讼解决的。于是，我们便总是有忙不完的工作，总是要华灯初上才想起，其实自己不是机器。下午5点，疲惫的我，突然想给自己放个假，于是提前下楼，想去游泳。在单位门口，盼着有一辆出租车时，车还真来了，我看都不看，赶紧坐上，司机悠悠地问："去哪儿?"我正要回答，后排竟冒出一熟悉的声音："东方今典。"我吃惊地扭头，是H君。他说："看你站那儿半天了，猜你在等车，走，一路，去你那儿讨杯茶喝。"我有些难为情："可是，我想去……"他打断我的话："知道，游泳是吧，不影响的，你游你的，我喝我的。""我看行!"我笑着答应。于是，泡上茶后，我径自下楼。13摄氏度的水温，我游了近半个小时上来，神清气爽。我唱着歌回家，推开门，有小米稀饭的香味儿，餐桌上有四样菜，两荤两素，两杯白葡萄酒已斟满。H又发话了："来，圣诞快乐!"然后便是一个甜甜的微笑。

我不知说什么好，只是觉得好温馨。他说："照顾好自己，别让朋友们担心。有些冒昧，没有别的意思，只是希望你过节快乐! 我还有事儿，就不陪你了，听会音乐，看看电视，早点休息吧，不用送我。"又一个微笑，然后飘然而去……

我突然想起小外甥喜洋洋一大早从睡梦里笑醒，吃惊地看着他家书桌上的奥特曼和怪兽，问他妈："昨天晚上圣诞老人来送的，对不对？"

我笑，今天，圣诞老人来我家了，没带奥特曼，也没带怪兽，带来了微笑。

我想：圣诞老人真聪明，他知道，小孩子喜欢奥特曼，大人喜欢微笑——波澜不惊的微笑。

2014 年 12 月 25 日

在茶香里祝福你

傍晚，我坐在楼下小湖边，看那朵疯长的芙蓉，听若有若无的蝉鸣。什么也不想，只是空空地、空空地，享受发呆的时光。

手机里忽来信息："小婶，好久不见了，今晚我与您侄儿一起请您，喝杯清茶，说说话吧。侄媳。"

"好啊!"我爽快答应。

侄媳名 CH，是我高中的同学，现在某保险公司，做得顺水顺风，侄儿 XQ 是先生的侄儿，也是他的高中同学。在老家，先生辈分较长，虽是同龄人，亦非直系血亲，但按照"灭亲不灭祖"的规矩，侄儿和侄媳从不叫我们名字，而是常常诙谐地称先生为"眼镜叔"（因为他眼睛高度近视总是戴着眼镜），叫我"小婶"，二十多年，已成习惯。

刚刚失去父亲（五天）的侄儿略显憔悴，侄媳侍奉左右，陪着小心。

"都办好了吧?"我问。

"嗯。"她替他回答，一边麻利地斟茶。

"自然规律啊，节哀顺变吧。"我说。

"嗯，"她说，"您也要注意身体，眼镜叔离开两年多了，您也该走出来了。"

"是啊，时间是一剂良药，能治百病。"

我们有一句没一句地聊着，那么素，那么淡，仿佛这碧青杯子里的茶，瞬间甘凛。

侄儿说："做人，应如荷，该艳的时候一定要艳，该伸展的时候决不收缩，你看那荷，有时它硕大得让人惊讶，似乎有些许妖气，把整个八月点缀得分外妖娆，但谁又能明白，它清欢里的落寞，妖冶后的伤感呢。"侄媳不失时机地添茶："你说得极是，我们就是要做荷，出淤泥而不染。"

结婚快三十年了，他们俩总能做到相敬如宾，真是羡煞了同学圈儿的那帮人。

侄儿是文化人，在某公安局写了近三十年的材料，虽无多大官职，人缘却极好，朋友们都叫他"暖男"。灯光下的侄媳，温文尔雅，虽已届知天命之年，在我眼里，却依然如出水芙蓉，我总是叫她"靓女"。

…………

今夜，有凉爽的风，吹皱了一把细碎的光阴，我们仨，掬一杯清茶，在茶香里祝愿身边的和远方的亲人们安然无恙；今夜，约一程微凉的时光，我们仨，点一支心香，祭奠着那些故去的亲人，愿他们，身边有琼浆玉液，眼前有嫦娥吴刚；今夜，在发黄的岁月里，我记下一缕浅笑，一份安然，命令自己，人可以老，心不能荒。

今夜，谨祝天下有情人：不舍不离，不忘不弃。

2015 年七夕夜

读　秋

半个月开了 33 个庭，我想我足以对得起这份薪水了吧。10 月的最后一个下午，我切断了与单位的联系通道，安静地沏好一盏茶，坐在窗前，读秋。有薄雾从洛河岸上飘来，伴着茶香，暖暖的，有拂过红叶的秋风循窗而入，落在身上，凉凉的。

有陌生电话打来，说是顺丰快递，包裹不重，还滴着水，打开来，眼前一亮，一盒来自洪泽湖的大闸蟹。没有落款，没有署名。我想，我一定是感动上天了，否则，怎么会有人知道蟹是我的最爱？

清早起来，手机里跳出一条来自大连的消息："阿姨，重阳节那天，突然想到你，寄几只蟹，请笑纳。"

又想起星儿去曼彻斯特前，那个从大连辗转赶来的，甜甜的、文静的、温柔的、轻言细语的姑娘，那个瘦瘦的、爱笑的，据说即将出嫁的叫 Zhou Mi 的小美女。

噢，这一程遇见啊，是万水千山的追逐，是不动声色的抵达。

好吧，我不言谢意，不表思念，只把幸福和感动，盛满光阴的杯盏，而后一饮而尽。

吃蟹！吃蟹！亲们，今儿我请客，配一杯薄酒——趁着岁月静好，趁着秋色正浓。

2017 年 11 月 1 日

小仓鼠之死

右眼跳了三四天，总觉得要有不好的事情要发生，吓得我这几天汽车也不想开了，骑单车上下班。终于熬过了四月的最后一个工作日。回到家时，已将近 7 点，一边做饭，一边听新闻，从客厅到厨房再到客厅，家里异常安静，总觉得少了点什么。哦，想起来了，往常这时候，小仓鼠总会出来撒欢，在我脚下跑来跑去，也许是讨食，也许是欢迎我回家。

饭后看《阳光下的法庭》竟把它给忘了。转眼深夜，仍不见出来，看笼子里是空的，屋子里也没有踪影，开了门到走廊上找，无功而返，想着昨晚深夜，它还在我卧室疯一样地转圈儿，最后被我无情地赶出去，会不会生气了？准备放弃时，瞥见它静静地躲在它的"澡盆"里，那些白白净净的细沙围在它身边，静态的灰，和不动的白，一副冰冷的样子，我的心一下子缩紧了，仿佛被人揪了一下。叫它，动了一下，有气无力的；再叫，很吃力地睁了一下眼，又闭上了，然后再无醒来。

感觉这屋子立刻空了许多，我有点不知所措，独自在屋子里转了一圈，还是有点揪心。唉，如何跟星儿交代呢？

小仓鼠来我家已经两年多了，那时星儿带它回来时，骗我说同学家的，拿来玩儿，我说："不就是一仓鼠吗？有什么好玩儿的？赶紧学习，雅思过了才是正事儿。"可她偏偏喜欢它，还买了大堆的食物，很认真地布置了它的"卧室""饭堂""洗澡间""游戏屋"，晚上，还总会捧它出来，在茶几上溜达两圈儿。

小仓鼠总是很快乐，玩儿得开心，睡得深沉，做事也很专心，对一切充满了好奇心，尤其对食物的渴望度，常常令人咋舌。久了，我便接受了它，想它身上其实有很多值得我们学习的地方，比如对世界的好奇心，比如对食物锲而不舍的追求精神，比如对孤独及恶劣环境的适应能力……有时，我想念星儿时，便去侍弄一下它，感觉思念也是一种享受了。

小家伙不怯场，总会讨好似的在我面前跳舞，有时看我拿个瓜子什么的，便蹦着来夺走，然后吃得嘎吱嘎吱的，吃完了再来要，直到它的仓库被撑得鼓鼓的，实在装不下任何东西时，才依依不舍地走到它的摇椅前，欢快地玩耍、游戏。慢慢地，我开始喜欢上了它，下班回来总记得弄点吃的给它，再静静地看它跳跃、奔跑，便觉得一天的疲惫悄然而去。

星儿去曼城时，千叮咛万嘱咐的，还是不放心，怕我工作太忙顾不上管它或者出差忘了它，最后还是决定让奶奶代养。老人家带着它从延秋到辛店镇，再到润馨园，细致而周到。春节前说要去广州，便送来我这儿，不想却葬在我手。我有点不知所措。夜里 10 点多打电话给弟弟，说："小仓鼠死了。"弟弟说："啊，别让星儿知道，她会伤心的，不过，它也算寿终正寝吧，两岁多了，在仓鼠中应该是高寿了，别难过，休息吧。""嗯。"我一边应着，一边再一次想，如何跟星儿交代呢？这个善良到过分的孩子，这个对大小动物都有特殊感情的孩子，这个天生有佛心的孩子。

下午，我用一个漂亮的盒子装上小仓鼠，开车带它回老家，把它掩埋在老家那片菜园子里，让它听蔬菜成长的声音，让它总能够满眼郁郁葱葱。

感谢这几个月的陪伴，让我的房间里多了些许有活力的生命。让我回到家里，无论多么疲惫总还得惦记着它，从而对生活也不敢怠慢。

万物皆有灵性，我想，我们对它的用心，它会懂。希望来生，它还来我们家，大家依然做朋友。

我能做的，也只有这些了。

2018 年 4 月 30 日夜

生命的另一种境界

　　孙先生不远千里，从天津背来一株文殊兰，他说："这株文殊兰生活在我家门口的楼台上好多年了，总是不声不响却惹人爱恋，有时候上下班路过，不忍心看它那种寂寞样儿，便顺手喂点清水给它，于是它便欢快地长大，静静地开花，我怕它因无人管理而夭折，就带它来了。"

　　我说："好一个护花使者！"他笑："我喜欢它的淡雅高洁！"

　　我问："与牡丹比，它是不是略显逊色？"他说："各有所长，它只是另一种境界而已。"

　　于是，我们一起，去新村花卉市场买了新土、新盆儿，给它安置了新家，并施了肥，放在我家书房的阳台上，每天开窗可闻新鲜空气，推门有满屋书香。

　　也不知是天意，还是古都洛阳的气候更适合养花，这棵文殊兰，自从搬了新家后，竟如贪长的少年般，个子噌噌地往上蹿，没几天，便开始枝繁叶茂起来。

　　又过几日，忽见根茎之间探出一个枝条来，绿绿的、嫩嫩的，生机勃勃，孙先生说："这是花茎，等它长到超出叶子的高度时，花便开了。"

　　果不其然，只不过三四天工夫，这花茎便超出了叶子的高度，而后又安静下来，我想，它大概是在养精蓄锐，准备厚积薄发吧。

夜里我在书房看书，忽闻有暗香来，踱步到阳台，只见一丛纯白的朵儿正含苞待放，大有拔剑而出的感觉。我惊喜万分，忙请孙先生来看。他波澜不惊道："明天早上你再看它，会有更大的欣喜。"

次日晨，我起床后顾不上洗脸，便来看它。果然生机盎然，花团锦簇，素雅清贞，美丽高洁，如玉菊一般惹人爱恋。

资料显示：文殊兰为南传佛教五树六花之一，在西双版纳地区尤为多，系佛教礼佛的鲜花，也是文殊菩萨人间智慧的化身，它还有一个称呼叫作"十八学士"，所以文殊兰也拥有教诲引导人们的作用，能够让人们团结起来，共乘智慧之舟划向智慧的彼岸。因为它代表着特殊的意义，所以人们希望自己的另一半也能如文殊兰一样充满智慧，后来便衍生出"与君同行""幸福美满"等花语来。

日子总是过得飞快，没几天，再去阳台上看望文殊兰，见它又渐渐地、不声不响地凋零了，那些曾经的绚烂、怒放的激情，已经成为不可追回的过去。它只是诗意地栖居在阳台上，简静安宁、淡雅自在，蕴含着沉静而丰盈的生命力，令人突然想起苏东坡的一句话："渐老渐熟，乃造平淡。"

我跟孙先生说："其实，人生又何尝不是如此，从青春到暮年，就像一场花开花落的旅程，最终都将归于平淡。"

他说："对！平淡才是我们需要好好经营的实实在在的幸福，是我们生命的另一种境界，就像这棵文殊兰，安静、淡然，既不过分也不欠缺，这才是真正的好。"

愿我们都能够回归平和淡然的清明之境，做最真实最自在的自己。

2022 年 4 月 29 日

第四部分

那些闪着光芒的地方

有些地方只有小路，可它曲径通幽，可填词可作诗；有些地方空空荡荡，可它气势恢宏，可歌可舞可饮酒；有些地方，清清爽爽、安安静静，我想用它，安放魂灵。

让我们单纯如画，美丽如天鹅吧

闲来无事，我突然想出去走走，于是驱车西行。

雨，淅淅沥沥的，打在车窗上，窗外竟然已经秋意盎然了。

"在吗？不出去吧？"我用手机传递信息给三门峡的同学 WT。

一个半小时后，电话响了："哈哈，睡过头了，刚看到你信息，到了吧？"我抬头，面前一辆银灰色的轿车上，下来一人，一手执雨伞，一手拿着电话。哈！竟是同学 WT，他已在眼前了。

其实，三门峡并不陌生，我以前来过，曾经留恋于美丽的甘山国家森林公园，乐不思蜀。只是这些年整个身心被一个"忙"字占据着，无暇出来，结果把自己弄得疲惫不堪、烦躁不安。屈指算算，别她已有十一二年了吧。

"去天鹅湖看看吧，保证让你心旷神怡。"WT 依然健谈，依然风趣，依然英姿飒爽。

于是，我们开车来到了位于三门峡市东西城区之间的天鹅湖国家城市湿地公园。

雨还在下，空气中透着清新，我们一行四人，打着雨伞，顺着沿黄生态林漫步。见到母亲河时，我突然有点感动。抬望眼，对面即是山西。我说："我们的祖先就是从这里走出来的吧？"WT 点头："我想是吧，你看，河不宽，也许当年他们从那棵老槐树下，走到这儿，摆渡过来的吧。"于是我们在一块刻着"母亲"

二字的大石头旁驻足并叩首——感谢母亲河养育我们长大成人。

在虢山岛广场，师傅说："免费停车，免费提供雨伞。"我感动于三门峡人的热情好客。觉得这里跟家乡的洛浦公园一样温馨。于是，我带着美丽心情，沿着石阶前行。路上不仅有大叶女贞、五角枫、栾树等各类乔木，还有花叶水葱等水生植物，令人赏心悦目。走着走着，忽见棠棣丛丛，于是我联想到"朝雾蒙蒙，水车小屋静"的意境。抬眼恰遇一亭子，便想歇息一会儿，却见一帮年轻人结伴而来，且歌且舞，打破了虢山岛的宁静。同学说，世界是他们的，我们还是让位吧。于是，我们笑着继续前行，来到陕州古城，同学指着一块石头说，这便是周公、召公分治天下的地方，我看到了浩然几个大字"周召分陕石"。我们追忆着历史故事，不禁感叹"逝者如斯夫"。

最后，来到天鹅湖北侧，二十余只天鹅静卧在湖边的草丛里，似在沉思。任凭我们如何呼喊，它们只是稳坐，像是在提醒我们：嘘……别破坏这一片秋色秋情秋意浓的美景。

天鹅湖湿地公园，现有面积8850亩，核心景区包括双龙湖白天鹅观赏区、陕州古城和沿黄生态林带三部分，是一处融生态、文化和人文地理于一体的自然山水景区，是目前河南省最大的城市湿地公园。自建成以来，已成为市民休闲、晨练的好去处。如今，她不仅是三门峡一张亮丽的城市名片，每年四月，还是洛阳的后花园呢，说着说着，牡丹仙子便在眼前了。

同学朗朗地笑着说，烦躁时，常常来这里，或走或坐，看山、看水、看树、看花草、看那些美丽的天鹅，于是明白了：现代人，因为思虑过多，所以常常把自己的人生复杂化了。明明是活在现在，却总是念念不忘着过去，又忧心忡忡着未来，总是把自己的人生弄得拖泥带水。每每来到这里，就会觉得自己突然单纯起来，单纯地以皮肤感受天气的变化，单纯地以鼻腔品尝雨后的青草香，单纯地以眼睛统摄远山近景如一幅画。其实，我们早该单纯地活在"当下"。事实上，"当下"无所谓是非真假。既然没有是非，就不必思虑；没有真假，就无须念念不忘又忧心忡忡。试想，无是非真假，不就像在做梦一样了吗？

是呀，我说：让我们轻松地把我们的人生当成梦境去执行吧。让我们单纯如画，美丽如天鹅吧。

2011 年 8 月 20 日夜

又见青岛

15 日，在诸城做完案子，天色已晚。我原本要去聊城，车却鬼使神差地走向了相反的方向。当眼前出现青岛的路标时，我立刻想到"红瓦绿树碧海蓝天"。只有 80 公里的路程，总觉得不去青岛看看对不起上天。于是再一次，来到这座美丽的城市。当车子行至海湾大桥时，我被眼前的景色震撼了，懂得了无法用语言表达是什么滋味。

近七点，车至青岛轮渡，朋友 Z 已在等候。她顾不上用餐，便带领我们来到奥帆基地。傍晚的奥帆基地，安静美丽，海浪拍打着岸边的礁石，绽放出无数纷飞的礼花。海水拍打着沙滩，轻轻的，像在歌唱，远方传来汽笛声，头上偶尔有海鸥在啼鸣……这一切，交织成一曲悦耳动听的天籁。我的心情立刻欢快起来。

我们下榻在西岭酒店，方知，心旷神怡，也会使人失眠。次日晨，我们还是想念那片海。于是坐轮渡去黄岛。当我们行至海天一色处，用手轻抚着海水，随波浪感觉海的心跳，方知自己的渺小。

海的声音，是一道绝美的景致，是一份雅致的闲情。海的声音，是海到尽头天作岸的气势。

我舒展于蓝天白云下，心如傲鹰般展翅飞翔，内心萌动着各种七彩的、诗意的梦，梦因诗意而张扬，内心因丰盈而充实。我郑重地许下一个星语心愿，把心中的秘密说给大海听。

沐浴在细浪碧波中，缱绻于这颗浪漫的心，珍藏这一季的美好回忆。我忍不住轻声细语：青岛——我爱你！

下午，风和日丽，我驱车朝济南方向驶去。不忍回首，怕舍她不下。

2011 年 10 月 16 日夜

松花江畔，太阳岛上……

以前没来过哈尔滨，只知道她似明珠般，镶嵌在祖国的北方，如今不经意走近，却生出许多感慨来。怎么说她呢？若以女子来比喻，她的美丽，并非全在容颜，而是所有经历过的往事，在心中留下伤痕又退去，令人坚强而安谧。记不清谁说的，优雅并不是训练出来的，而是一种阅历。淡然并不是伪装出来的，而是一种沉淀。这便是我初见哈尔滨时的感觉。

2012年8月12日，在这个美丽的仲夏之夜，我站在中央大街，聆听着"哈尔滨之夏"的动人乐声，零距离接触这位"美人"，方知她温柔婉约，风情万般，但却洗不去骨子里星星点点的风尘的痕迹。

说说侵华日军第七三一部队旧址吧，侵华日军的斑斑劣迹都记载在这里。我拍了照片，想给女儿讲，突然又不想说了，因为痛。于是只对她说："你们不懂啊，为什么，我们这一代、我们上一代、我们的上上一代，都会痛恨日本……孩子啊，你只有学了历史，才会明白。"

从侵华日军第七三一部队旧址坐出租车来到圣·索菲亚教堂。怎么说它呢？富丽堂皇？不对；美丽大方？也不对；淡雅端庄？更不对。其实，从建筑学的角度讲，应该说，它是美的典范。可是，这也正是我不喜欢它的原因所在。还是照一张相，留个纪念吧。去拿手机，我才发现我把它忘在了出租车上，试着打一下自己的号码，那边立刻有师傅接腔："您手机忘我车上了，你在索菲亚教堂门口等着，我马上给您送去。"心爱的手机失而复得。我给师傅50元钱以补偿他来回的路费，他坚决不要，给他一盒烟，他依然不要。突然想起那句话："东北人都是活雷锋。"我只好记了他的车号并告诉自己：学他，把雷锋精神传递开去。

继续往北走，穿过马迭尔，径直来到松花江畔，跨越俄国人百年前建的铁路桥，穿过人民大街，来到松江生态公园，我被眼前的景象迷住。一位老人在音乐中载歌载舞，那架势，处处透出孙猴子的机警，一根木棒，被他把玩得无比娴熟，我忍不住掏出相机拍照，他倒也配合，立马做出大圣朝见师父的动作。我拍完照片，笑问：老人家，天天来这儿吗？他点头。又问，贵庚？他拿木棍在地上先写一个八，又写一个六。我笑道：能不能合个影？他立马伸出左手，做出个OK的动作。这一瞬间让我突然觉得，这才是我要寻找的哈尔滨的感觉。

来到太阳岛时，已近傍晚，我唱着郑绪岚的那首歌，却找不到歌中的味道，从4号门进入，迷迷糊糊地往前走，半个时辰后，担心天黑过不了江，我急忙问路边的行人，一女子，操着河北口音告诉我们，坐游览车吧，20块钱，很方便的。我照办，谁知刚坐了五分钟不到，便被告知，2号门到了，有过江的朋友，赶紧下吧，过会儿没船了。我有一些疑惑，便问开车的师傅，晚上难道没有回江南的船吗？师傅斩钉截铁："你们南方人难道不下班吗？"想想也是，于是慌忙下来，乘船回松花江南岸。转眼再看太阳岛，如梦如幻。唉，下次再来，最好叫上绪岚姐姐……

13日晨，我依然惦记着那片江水，6点钟，自七天酒店出发，沿景阳街往北来到江边，享受着一个人的寂寞，也享受着一个人的拥有。而后，我沿江向西至防洪纪念碑处，再由北向南至中央大街尽头，看到这样一幅牌子："尽将热情挥洒，才有清香一片，总用赤诚书写，依然红亮肝胆，张开双眸臂膀，凝视拥抱今天，远望道路美景，浇铸创新明天。哈尔滨之夏，难忘的梦幻，缤纷里把你手儿牵；哈尔滨之夏，永远的爱恋，心中的圣洁不会改变。"

我想，哈尔滨人是真感性，经历了那么多的风风雨雨，依然这么执着、这么真诚、这么积极向上。我们，还有什么理由不往前走？

2012 年 8 月 13 日

四个人的行走

（一）偶遇长武

原已约过很多次的甲午仲秋之旅，到了临行时，仅剩下四个人了：行者、阿良、雪玉、博涵玉雕。

13 日，天空灰蒙蒙的，故乡似乎还想以特有的方式挽留我们，但四颗心，均已飞向祖国的北方。上午 10 时，我们撇下琐事，不想工作，自周山站入宁洛高速，豫 C339××，终于不再犹豫，雄姿英发，向西走起。

一会儿工夫，车后下起淅淅沥沥的小雨，车前却是阳光明媚。这时的心情只能用两个字形容——美丽。

由于渭南至潼关段修路，车排成了长龙，但车厢里装满了笑声。晚 6 时 30 分，豫 C339×× 终于"爬"至咸阳市长武县，西北与甘肃的平凉相依。我下榻君悦商务酒店。四个人异口同声地问店家：有没有麻将可以打？哈哈！看来都想弄俩花花。

在这个陌生而又温馨的长武县，我一行四人击掌相约：用生命中的这几天，携一份云淡风轻，蹚过烟雨红尘，无论多累多难，也要洗尽铅华，步步生莲。不为别的，只为了告慰，这匆匆而来的半百之年。

傍晚时我们找到一家"羊肉村"，四人一顿海吃，吃饱喝足了我说：百度发现，此地有三赞——"锅盔、血条汤、水豆腐"。

行者嬉笑："早干吗呢，害得我们一个特色也没尝到。"

我也笑："一念愚即般若绝，一念智即般若生！"

2014 年 9 月 13 日长武县君悦酒店

（二）寂寞六盘山　清冷萧关

14 日上午 9 时许，豫 C339×× 慵懒地驶入 G22，沿平定高速前往六盘山。一想到它是革命圣地，大家便显得一脸庄重，还是雪玉耐不住寂寞，吟起词来："天高云淡，望断南飞雁，不到长城非好汉，屈指行程二万……"

尚未诵完，眼前忽见一收费站：工作人员轻声细语地说："8块。"行者嬉笑："10 块去 Q！"人家听不懂，还是找了 2 块。没想到，车来回转了三圈，掏了三个 8 块，仍未找到六盘山红军长征纪念馆。我们只好来景区，却见大门紧锁，查看气温：7 度。我笑：怪不得心凉，原来这里这么冷啊。

资料显示：六盘山国家森林公园位于西安、银川、兰州所形成的三角中心地带，地处宁夏南部，横跨宁夏泾源、隆德、原州区两县一区，总面积 6.78 万公顷，森林覆盖率达 80% 以上，是西北地区重要的水源涵养林基地。这里是中原农耕文化和北方游牧文化的结合部，是古丝绸之路东段北道必经之地，也是历代兵家必争的军事要塞。

我们与六盘山合影后悻悻离开，途经一处，肃穆而清冷，停下凝望，高高的城楼，煞是威风，上写"萧关"二字，方知我们已到了西夏王国的城墙边。城楼侧门边有一通道，无人看管，不用购买门票。我们一行四人沿侧门鱼贯而入，边走边看。

萧关是古代的边塞，农历八月尚未过完，这里的草木就已凋零殆尽。空空的桑林、遍地的芦草，虽然跟所有的边塞一样，它却承载着闺中少妇望眼欲穿的企盼，回荡着边关军士低沉悲凉的离歌；但它又不同于"劝君更尽一杯酒，西出阳关无故人"的无奈，不同于"羌笛何须怨杨柳，春风不度玉门关"的凄凉。

史书记载：在西夏与北宋著名的平夏城之战中，西夏三十万大军连营百里，乾顺帝与其母梁太后亲临指挥，抛石机将数以万计的石块沉重地向着萧关城墙砸去，飞石激火，十三个日夜不息，但最终仍未能攻破。关隘从这里一直向西绵延了五十公里，最后在石门关所处的山谷地段铺成了一片辽阔的古战场，其后就是须弥山——那个与佛教的宇宙中心有着相同名字的石窟。

（三）奇妙须弥山

须弥山（梵语：Sumeru），又译为苏迷卢山、弥楼山，意思是宝山、妙高山。是古印度传说中位于世界中心的山。此说后为佛教所采用。须弥山，是一处拥有一百多座石窟的风景胜地。这一带关山对峙，峡口逼仄，深沟险壑，奇峰高耸。古时，山下的寺口子河被称为石门水，水上曾设石门关，成为丝绸之路东段的重要孔道，也是中原汉王朝与西域各部争战与修好的重要关防。如今，关址已荡然无存，但分布在八座山崖上的石窟，仍然焕发着艺术的光辉。

行者和阿良一下子来了拍照的兴趣。问其原因，答曰："这石窟风化得太厉害，说不定这一拍成了宝贵史料了。""睿智！"我一边夸着他俩，一边拿出手机跟着拍。但愿这些照片将来能为祖国的考古学立下汗马功劳。

在下山的路上，我拾得唐人岑参的诗一首——

君不闻胡笳声最悲，紫髯绿眼胡人吹。

吹之一曲犹未了，愁杀楼兰征戍儿。

凉秋八月萧关道，北风吹断天山草。

昆仑山南月欲斜，胡人向月吹胡笳。

胡笳怨兮将送君，秦山遥望陇山云。

边城夜夜多愁梦，向月胡笳谁喜闻。

尚未读完，一股冷气袭来。我说：太冷了，走吧，看看西夏王去。于是一行四人驱车往西夏王陵方向出发。

2014 年 9 月 14 日

（四）厚重沙坡头

喜欢沙坡头，所以，曾多次在网上浏览过，知道她位于宁夏中卫市城西 20 公里处的腾格里沙漠东南缘，毗邻黄河，是集沙与水为一体的绝景。大河涛涛、沙山陡峭、白云碧空、沙海绿洲，奔腾的黄河在景区内穿峡越谷，从黑山峡流入中卫境内，至沙坡头一个急转弯，其汹涌改而为平缓，造就了神奇的自然景观，由此开创了"天下黄河富宁夏"的辉煌历程。

浩瀚无垠的腾格里沙漠，沙海茫茫、金浪起伏，由北面以凶蛮不可遏制之势滚滚而来，到这里却戛然而止，伏首在黄河岸边，形成了一个宽约 2000 米、高约 200 米、倾斜约 60 度的大沙坡，沙坡头由此而得名。天气晴朗时，人从沙坡向下滑，沙坡内便发出一种"嗡……嗡……"的轰鸣声，犹如金钟长鸣，人称"沙坡鸣钟"，是中国四大响沙之一。站在沙坡下抬头仰望，但见沙山悬若飞瀑，人乘流沙，如从天降，无染尘之忧，有钟鸣之乐。

我们一行四人，先是骑骆驼畅游沙漠，体验沙海轻舟之浩渺，接下来滑沙听钟、坡底戏泉，然后是黄河弄筏，追波逐浪，不觉已是下午两点，方知肚子饿了。我们刚走出景区大门，便见一长发美女笑脸相迎："去我家吃饭吧，前边 500 米，童家农庄。"刚起步，又一短发姑娘追过来："不行，我已发过名片了，得去我家。"长发飘飘的美女看着我们，腼腆地笑道："让客人自己选吧。"我说："不争，才是最好的竞争方式。"行者立刻赞同："对，还是先去童家农庄看看吧。"于是我便来到一座清静秀美的农庄。这里有苹果、葡萄、大枣，可以免费采摘。阿良在果园的尽头发现一农舍，内设电脑、麻将机，还有温暖的西北火炕，上面铺着鲜艳的毛毯，门口写着：住宿，100 元。我忍不住连呼三遍："不走了，不走了，这回我是真不想走了！"雪玉也兴奋得语无伦次："好啊，让沙坡头的姑娘也见识一下中原男子魅力是否超过套马杆的汉子！"四人仰天大笑。我们品尝过鲜美的黄河鲤鱼，又吃了一大盘甘甜的水果，随后我在日记里这样写道："沙坡头，富有江南女子的秀美，又不乏西北男子的彪悍、诡谲、浩瀚、神秘莫测，令人难舍。"

2014 年 9 月 16 日

（五）秀美沙湖

2003 年我已来过一次沙湖，回忆着她的秀美，还是忍不住再次踏上这片神秘的土地。

这里变化太大，我已找不到沙湖先前的踪影。在景区门口的一块广告牌上，我看到这样一段文字："沙湖旅游区在距银川市西北 56 公里平罗县境内的西大滩。1990 年开发建设，2007 年 5 月 8 日，石嘴山市沙湖旅游景区经国家旅游局（现为文化和旅游部）正式批准为国家 5A 级旅游景区。沙湖拥有水域、沙丘、芦苇地、荷池，盛产鱼类、鸟类，这里栖居着黑鹳、天鹅等珍鸟奇禽。每年春季，五颜六色鸟蛋散布其间，堪称奇观。这里是鸟的天堂、鱼的世界、游人的乐园。广阔的沙湖万亩水面宛如一幅巨大的银色锦缎，初夏，新苇如茂林修竹，郁郁葱葱，或如港汊，或如街巷，或如华盖，或如屏障，微风吹来绿影摇曳，婀娜多姿。沙湖南面是一片面积几万亩的沙漠，它和这万亩湖水似乎是天造地设的伴侣，相互偎依，相映成趣，湖水碧波荡漾，沙海金浪起伏。"

只可惜，这一次，我们来得晚了一些，既非初春，也非初夏，而是仲秋。

2014 年 9 月 17 日

（六）恒山之约

从悬空寺出来，发现它离恒山那么近，便顺道赶来。

我们坐缆车上山，忽见一道观，聆听道士念念有词。在师傅递过来的一张黄纸上写下心愿，又将一根红绳子系在门口的树上，按师傅的吩咐，击鼓三下。做完这一切，忽生庄严肃穆、缥缈空灵之感觉。我想：如果举头三尺有神灵，就让他保佑我的全家人平安、保佑我的亲朋好友们健康吧。

我还没走多远，便感觉力不从心。直喊："不转了，不转了，人老先老腿啊，以后不能再爬山了。"

正欲下山，但见一白发老者蹒跚而上，白内衣，蓝外套，满面红光。一边爬坡，一边笑呵呵地问我们："离山顶还远吗?"还是雪玉快人快语："不远! 不远!"一边回答一边吃惊地盯着白发老人问，"老人家高寿?"老者笑答："八十六。"我诧异地看着他："您一个人上山?""对!"他说，"儿子媳妇都来了，他们在山下等，没有上来。"我想，他的儿子儿媳也该有六十五六了吧。

"跟老人家比，我们是不是还很年轻？"阿良盯着老人的背影，建议："八十岁时，还是这几个人，还是这地方，我们再相聚。徒步上，徒步下，不准让子女陪。"行者立刻响应："谁不来是驴！"我和雪玉哈哈大笑："谁来了是乌龟！"

回来的路上，我说："以后必须要加强锻炼，让身体变得棒棒的，因为我不想做驴。"雪玉若有所思："嗯，那就做乌龟，活它一万年！"全车哗然……

2014 年 9 月 20 日

（七）金五台

五台山位于山西省东北部忻州市五台县东北隅，位居中国四大佛教名山之列，又被称为"金五台"，为文殊菩萨的道场。从"度娘"那儿得知：五台山并非一座山，它是坐落于"华北屋脊"之上的一系列山峰群，景区规划面积 607 平方公里，最高海拔 3061.1 米。五座山峰（东台望海峰、南台锦绣峰、中台翠岩峰、西台挂月峰、北台叶斗峰）环抱整片区域，顶无林木而平坦宽阔，犹如垒土之台，故而得名。五台山于 2009 年 6 月 26 日在西班牙塞维利亚举行的第 33 届世界遗产大会上被正式列入《世界遗产名录》。五台山是中国佛教寺庙建筑最早修建的地方之一，自东汉起，历代修造的寺庙鳞次栉比，佛塔摩天，殿宇巍峨，金碧辉煌，是中国历代建筑荟萃之地。雕塑、石刻、壁画、书法遍及各寺，均具有很高的艺术价值。五台山又以建寺历史悠久和规模宏大，而居佛教四大名山之列——故有金五台之称。

在五台，我们偶遇一导游，姓闫，名军，他说，他在台怀镇已生活了 26 年，无欲无求，只为喜欢这清静之地。今得相见，亦是缘分，于是陪我们一起参观，得知我们想参拜文殊菩萨时，甚是欢喜，免费带我们来广华寺。我想，我们只能念佛诵经，以感谢他的一片诚意。

我来五台，还有一个心愿：为女儿祈祷，祝愿她今年年底考研成功。

2014 年 9 月 21 日

（八）优雅共老

九天来，我们四个人一起行走，时而沉思，时而欢笑，时而促膝而坐，时而健步如飞，话虽不多，却能从彼此的容颜里看见自己年轻时的影子。

这是一次轻松愉悦的旅行。

我们相约：以后，四个人还要一起行走，一起看夕阳徐徐下山，一起望秋雨直直落地，一起抛弃世间烦恼，一起优雅共老。

2014 年 9 月 22 日

忘忧谷、清水河

一、寻　绿

总算盼来了五一小长假。知天命的我们，厌倦了城里的水泥桩子，于是一行十二人，决定去寻找一片纯绿色……

鲁山县团城乡，一个不太为众人熟悉的名不见经传的小地方，一片尚未开发的处女地。

三辆车，颇有些浩浩荡荡的气势。年过半百的一群人，忘记了自己的年龄，叽叽喳喳地来了！

二、忘忧谷——清水河——

来忘忧谷，起初是喜欢这个名字。到了才发现，她明丽沉静，风鸣如琴，碧溪清泉，如诗如画。忘忧谷总长不过四公里，我们仅走了一半不到，欢声笑语便荡满了整个峡谷。班长说，他只能用三个字总结："真美啊！"众人捧腹。

清水河森林公园面积二十五平方公里，她与团城山相拥于清水河畔，自然景观优美，但因时间关系，我们仅选择了沿着清水河浏览，且只能走马观花。下午三点多，终于还是有人忍不住了，我们停车顺着崎岖的坡道下到谷底，扔掉鞋子，跳进清澈透碧里去，众人皆效仿。班长挽起裤腿，清清嗓子，正欲感慨，大家皆齐声高喊："真——美——啊！"快乐如涟漪般在清水河中一圈圈地向外扩散开来……

三、握清欢在手，掬淡泊于心

是夜，我们投宿在珍珠潭附近一农家。听泉水叮咚，感受着幽凉爽雅，一种异样的情感油然而生。

过去，总是被工作绑架，把自己弄得精疲力竭，如今才发现，生活原本这么美好，好得令人舍不得仅仅为工作而活着。

于是，我跟自己说，今后一定要做到：忙累了，就歇一歇，随清风漫舞，看绿植摇曳；心烦了，就静一静，与花草凝眸，与山水对视；走急了，就缓一缓，和自然对话，对自己微笑。

"生活太忙，生命太短，握清欢在手，掬淡泊于心。"记不清谁说的，只知道说得很对。

2015 年 5 月 3 日

西　北　行

（一）初识乌鲁木齐

一下飞机，我的心情便敞亮起来，丝毫没有漂泊的感觉。五分钟后，Z 的银灰色志俊已驮着我们驶离机场，回眸，只见一只展翅欲飞的雄鹰在身后渐离渐远。

晚八点半，我们放下行李，找了个很不起眼的小店用餐，Z 的热情，L 的周到，D 的勤快，注定了这次旅程是愉快的。

今天终于过了一把羊肉的瘾，烤、炖、炒，一应俱全。

"撑！"晚餐结束时，我笑着说。L 也笑："乌鲁木齐挺好的，我在这儿待了十年，都不想回去了。"

在乌鲁木齐，天是蓝的，空气是清新的，心情是愉悦的。

2015 年 8 月 24 日

（二）今夜，在德令哈

来德令哈，只想祭奠两个人，一是海子，一是喜爱海子的先生。

三年前，我先生曾经痴迷地爱上《面朝大海，春暖花开》，他说等工作忙完了，不仅要去看看大海，更要去德令哈。可是说这话不久，他便走了。

德令哈，是一个清新、安逸的小城，没有噪音，没有污染，没有丛林般的高楼，没有车水马龙。有的是牛羊在城边的草地上徜徉、艺人在巴音河桥下吹拉弹唱、女孩开辆鲜艳的轿车随意地左转右绕、小伙在品尝烤羊排和青稞酒的味道、白云在蓝天上悠悠地飘、人们在这里悠闲地生活、无数的前往拉萨等地的游客从这里经过。

2980 米的海拔，我有点不太适应，不敢剧烈运动，于是便静静地坐着，享用这清冷中的安逸。

晚饭后，来巴音河散步，我站在河边，看那不息的河水，忽然想起海子的那些诗，以及身边的以及远方的那些人，竟潮湿了双眼，是那种莫可名状的百感交集，辨不清是悲还是喜。

今夜，驻留在德令哈，方知这里是诗人的最爱，是浪漫者的故乡；今夜，在德令哈，辗转反侧，难以入梦；今夜，在德令哈，重温了海子的《日记》，方觉完成了一桩心愿，浅浅入眠。

姐姐，今夜我在德令哈，夜色笼罩

姐姐，我今夜只有戈壁

草原尽头我两手空空

悲痛时握不住一颗泪滴

姐姐，今夜我在德令哈

这是雨水中一座荒凉的城

…………

2015 年 9 月 7 日

（三）青海湖

都说，青海湖的油菜花非常漂亮，可我们来得不是时候。但既然来了，便不能对她不起，没有花就看水吧。胖子将车开到二郎剑景区对面的山上，让我们从高处浏览青海湖的全貌。抬望眼，海天一色的灰，湖的尽头，有朦胧的祁连山。胖子说："若是晴天，便能看到山上的雪。"可是，天公不作美。他说："干脆，我带你们走近点，感受湖水的博大精深吧。"

车行至一个叫措日郎嘎的地方，我们驻足，穿过一座庙，缓步走向湖边，有微风吹来，感到冷，我们蹲在地上，掬一捧清澈的湖水，尝一口，咸的。十米外，有藏族女子温婉地提醒我："湖水不能喝的，您还是尝尝天眼的水吧。"与此同时递过一只木瓢，"附近的医生们常常来取天眼的水，能治胃病呢。"我赶紧双手接住，取一口尝了，清凉凉的味道，竟是淡水。我搞不懂，这么近的距离，为什么青海湖是咸水，而天眼里冒出来的却是淡水。惊问何故，而那藏族女子却笑而不答，待我走开了，身后传来悠悠的声音："天眼，天之赐啊。"

我惊诧于大自然的神奇。

晚 6 点，青 H28562 告别措日郎嘎，沿青海湖自北而南行驶，半小时后，眼前竟是一片沙海。

再往前走，又见牛羊成群，满目青翠了。胖子且行且歌，"在那遥远的地方，有位好姑娘……"

同行的三个人不由赞叹："莫非你是王洛宾的弟弟？"胖子憨厚地笑："知道吗？这首歌就是在这里创作的。"

歌声浑厚悠扬，我们在迷醉中回到西宁。

2015 年 9 月 8 日

鄂尔多斯印象

以前，对鄂尔多斯的印象仅限于羊毛绒，软软的、暖暖的，手感不错，但价格不菲。今天走近了才明白，她宛如一个四十来岁的女子，虽无少女之单纯之羞涩之娇艳之招蜂惹蝶，却不乏成熟女性之温婉之包容之成熟之安逸冷静。她不急不躁，不温不火，一弯浅笑，万千深情……

经历了一些波折抑或挫折后的她，一丝抹不掉的沧桑写在脸上，反而更显大气与睿智了。

12日晚，我和回味无穷等人，急匆匆从包头赶来，入住蓝萨大酒店，之后两天，如火如荼地在房管局、车管所、工商局，及各大银行之间穿梭、忙碌。感觉整个城市都在迎接我们。因为每到一处，除了我们，剩下的便只有豪华空旷的办公场所和悠闲自得的工作人员了。虽是深秋，我们的心情却如沐春风。天是蓝的，湛蓝湛蓝；云是白的，雪白雪白；太阳是柔和的，仿佛离你很近，能抚摸到你的脸一样。

过马路时，机动车司机总是小心翼翼地避让着行人，你不过，他便等，甚至微笑着招手示意你先行。

终于忙完了，天却下起雨来，微冷，但空气却清新到了极致。

从康巴什那座CBD出来，我竟生出许多留恋来，把车开到市政府左侧的空地上，我们冒雨在市政府门前的广场上徜徉。

晚七点，离开康巴什回东胜，一路上可见多处豪华的别墅区或别具一格的住宅楼，星星点点地散落于清冷的鄂尔多斯草原上。

2015 年 10 月 14 日夜

过　客

出来办案半个月了，念着家以及那些琐事，真心想回，却又接到新的任务，不会说"不"的我只好接着工作。

M发动好车说："今天下午去石嘴山。"还没等我反应过来，车已驶离银川市民大厅一路向北而去。

下午三点，走近石嘴山市，许是因为心情愉快吧，我是看哪儿哪儿顺，想起"窈窕淑女"，想起"小家碧玉"，想起一连串形容漂亮女子的词语，竟毫无缘由地喜欢上这个城市来。坐在副驾驶座上，用手机不停地拍照。M说："这儿还真不错，咱们大家先工作，今晚就住你刚刚拍照的小树林后面的那个被红叶包围着的宾馆。"W不温不火地说："小树林有什么好玩儿的？"

而我却对这个安排莫名兴奋，又不明白这座城市到底哪儿打动了我。

从车管所出来后，发现这个美丽的城市，对案件毫无帮助，于是大家决定速往乌海。两个小时后，我们疲惫地站在乌海市房屋产权交易中心的大门口，无奈地看着工作人员下班、锁门，只好按他们的要求"明天再来"了。

在寻找宾馆的路上，百无聊赖，我们唱着："天上的行云啊，一生都没有家，行路匆匆追赶着晚霞……"

窗外无月，深秋的小雨，打湿了窗棂。纵然成吉思汗的巨大雕塑令人震撼，纵然乌海市政府的办公大楼气度非凡，可心里依然念着石嘴山那座红叶与绿树掩映下的富有诗意的、别墅式的宾馆。我躺在乌海这个物美价廉的酒店的席梦思上想：红尘陌上，百媚千红，只是写意的一处描述，而这世上的万千风景，转身不过刹那，你爱也罢，不爱也罢，它们终会在流年的风中，渐行渐远，从不以谁的意志为转移。正如我现在，念念不忘着石市的蓝天白云绿树红叶，却又不得不租住在乌市的车水马龙、细雨蒙蒙里。

唉！这世间的很多人很多事，又何尝不是如此？

有些人，见与不见，都在心里，相念最真；有些话，说与不说，彼此都懂，不语最深；有些情，恋与不恋，都是温暖，遇见最美。

春暖花开，秋来叶黄，都是自然；青葱岁月，朝暮夕斜，都会走远。而我们，只是这大千世界的一个过客而已。

2015 年 10 月 22 日

萨 拉 齐

　　我晕飞机，差点虚脱。下午一点多，在钢铁大街的"品味老包头"美美地享受了几道地方菜，才逐渐恢复。马部说："醒过来了，不用找大夫了？"我笑："看来，这鹿城喜欢给好人下马威。我没事了，建议让大夫给你看看吧。"众人皆笑。

　　饭后我们驱车东行 60 公里来萨拉齐，只有一个感觉：地广人稀。

　　以前一直认为萨拉齐是一个县，来了方知，她只是一个镇，是土默特右旗旗政府所在地。她像一颗玲珑古朴的宝珠，镶嵌在呼和浩特和包头之间。她北靠大青山，南临平川黄河，交通便利，信息交汇快。这里民风古朴但又毫不落伍，不论吃、穿、用，人们总在追赶着时髦，这里的女人水色好，又会打扮，就是和北京、上海的女人相比也不显逊色，这里的男人吃苦耐劳、精明强干，这里虽然有不少有钱的大款，但又是一个能养穷人的好地方，据说许多外地的流浪者来到这里都能扎下来并过上较为安逸的生活，应该说这是一个对外包容性很强的城镇。萨拉齐土地肥沃，水源丰富，北部山区矿产资源丰富，以煤著称，还有铁、黄铜、银、铝等金属矿。

　　为了惩罚自己的孤陋寡闻，下午六点，我命令自己穿高跟鞋在镇上嘚瑟了 13000 步。累，却快乐。

听朋友说，这里的人欲望低，幸福指数高，生活压力小，精装修的房子，可拎包入住，每平方米 3000 块。我说："不走了，不走了，买锅修灶，再到草原上寻一只梅花鹿，我养着它，它陪着我，在这里安度晚年了！"高庭满脸忧虑地看着我："万一……万一，那大青山上有狼下来骚扰你咋办？"满堂哗然。我说："不怕、不怕，来一个，养一个，这么好的地方，估计狼也是好狼，不伤人的。"

晚九点，回到宾馆，回味着烤羊排的美味，幸福地进入梦乡。

2016 年 5 月 30 日

杏 花 开 了

在洛浦公园散步，柳枝差点碰到脸上，一抬头，发现枝条是绿的，方知春来了。

忽然想起那个开民宿的同学来，便约了蓝雪等一起去看她。

这是城乡接合部的一片净土。距离宁洛高速周山站不远，紧邻丝路大道，藏在一条山沟中间，名曰五龙沟，五龙沟分前沟和后沟，同学的房子取名"青野山居"，位于前沟，距离城市更近些。

这些年，城镇化的步伐很快，可不知为啥竟把这条沟遗忘了，使它得以幸存下来，于是，每到春三月，爱花的人们总能享受一番美丽杏花的视觉盛宴。

"青野山居"原本是一户农村宅子，同学 YM 用她的巧手把这片宅子变成了一套典雅温馨的民宿，上下两层，可住可玩，可歌可餐，可棋牌可茶艺，房顶尤其令人神往，朝可观日出时蓬勃向上的气势，暮可看日落时的美丽悠闲，平视可见岭上黄土的朴实温暖，俯瞰可赏满沟杏花的淡雅片片，高兴了，还可以饮一杯啤酒，品几串烧烤，忘掉疲劳，忘掉烦恼……

我们几人闲坐房顶，同学泡了一壶茵陈茶，大家边品茶边眺望四周，抬望眼是绿色的山峦，低眉处有白里透红的杏园，回眸忽见邻家院墙边的几枝连翘悄然开放，枝杈爬过围墙，延伸过来，黄灿灿的，如鹅绒般令人爱恋，又如邻家小姑娘的笑颜一样天真烂漫。

我说："真美，赛过陶渊明的桃花源呢！"

同学笑笑："这里更多的是杏花，你看，漫山遍野的，微风吹来，一浪一浪的，白里透着红，如锦缎般，装点着这片土地。喜欢就好，以后常来吧，还可以出去采一些野菜回来，随便一做便是美味。"

下午5点，仍感觉意犹未尽，我们四人沿村道步行五六分钟，来到一片杏园，与杏花零距离接触。只见满树的白色稍带红晕，胭脂万点，花繁姿娇，朵朵艳红。

我们快乐着、陶醉着，流连忘返。

想起一首诗，记不清诗人名字了，改编一下，与君共赏：日出柴门尚嫩开，绿荫多处且徘徊，杏花满地无人扫，半在墙根印紫苔。

2022年3月12日

黄　榆　林

　　回来十来天了，我还惦着那片黄榆林。坐下来敲这篇文字，以纪念它的平凡、安静、纯洁和大朴不雕。

　　2016 年 6 月 4 日，周六，从四平赶到双辽，已是下午，我和 GLM、齐鲁借了一辆捷达车前往黄榆林。

　　车入景区后，看不到明显标志，亦无见售票处，远远地看到一老者在放羊，我们赶紧下车询问景区在哪里，门票咋卖。老人操着标准的东北话，指着脚下笑："这就是景区啊，不收门票的。说实话，我成天在这儿放羊，也没觉得有啥看头啊，也就你们这些城里的文化人，喜欢这地方。"我们三个相互做着鬼脸窃笑：一不留神，我们都混成"城里的文化人"了。

　　查资料得知，黄榆景区位于通榆县兴隆山镇西南二公里处，属科尔沁草原沙地典型地貌，景区内有一片保存完好的天然黄榆林。大自然的鬼斧神工，雕就了黄榆树的千姿百态，无论怎样干旱、燥热，只要置身其中，无风自凉，无雨自润，清爽至极。

　　我们三人站在赏榆台上向远处眺望，满山的黄榆尽收眼底，像游龙过江，古藤盘柱，又如八仙过海，霸王挥鞭。据当地人讲，你若选一株伞状的黄榆树冠，在下面小憩，吸上几口清新的空气，便可延年益寿，心想事成。

于是，我和 GLM 及齐鲁赶紧寻了一处黄榆，可着劲儿深呼吸，但愿，所有的好运都已被我们吸进肺里，植入心田，并生根、发芽、开花、结果。

近 6 点，看夕阳已西下，我们依依不舍地告别黄榆景区，驱车前往向海。

2016 年 6 月 15 日夜

向　　海

吉林有个向海，她在距白城约 90 公里处的通榆县，科尔沁草原中部。

向海的草原湿地没有受到破坏，呈现出原生态风光。村民住的房子，仍有少数是泥土房，在这里，我一下子找到了小时候的感觉。仙鹤岛上人工驯化的半散养的丹顶鹤或卧或行或翩翩起舞，时而还会摆个造型配合摄友们拍照。

6 月 5 日上午 10 时，这里的温度 37℃，汗水浸湿了我们的衣服，但心情却不躁，平静而舒适。

这里没有丰富的景色，甚至有些荒凉，但天是蓝的，水是清的，有一种沁心的美；这里没有车水马龙，灯红酒绿，但却能让人放下一切，在草丛里或滚或爬，捡回那个曾经质朴纯真的自己。这里的饭店大多没有菜单，实物放在冰柜里，你只需指一下，店家片刻便会捧上热腾腾的美味，童叟无欺，贫富无差距。在这里，你不会累，因为，你不必伪装，可以全身心地放松自己，哪怕把自己放到尘埃里，也不必自卑，什么科级、什么处级，都赶不上丹顶鹤在草丛中向你点头时的惬意。

来到向海，我觉得，先前所受过的所有的苦和累，都已随风飘散、飘散……

2016 年 6 月 6 日夜

秋游二龙山

　　丙申年的夏天有些霸道，国庆节都过了，它依然占据着秋的位置不走。10月3号这天下午，内乡县板场乡让河村的最高温度是31摄氏度，我们一行8人，熙熙攘攘地来游二龙山。因飞翔和SUCY均是内乡人，我们便受到了超出常规的待遇：午餐尝尽了山珍，门票全免，村支书ZGM亲自陪着大家爬山。

　　心情好了，便觉景色格外妖娆，眼前的二龙山，山奇、谷深、洞幽、水秀、林密、竹翠。原本想着会看到层林尽染的红叶，不想却是浓荫蔽日，满目苍翠，只是那翠色更深、更浓、更厚重了。未至主峰，我已累得精疲力尽，只好翘首遥望，但见孤峰崛起，四面削成，又见山门敞开，书曰："若欲成仙修大道，果真向善入天门。"

　　回首，见飞翔也在仰望主峰，莫非他在寻觅年少时遗落的踪影？

　　他说，他出生在七里坪乡，离这儿十几公里远，小时候家里穷，总想着赶紧离开大山，如今知天命了，才明白，无论走出多远，这山已印在记忆里，无论别了多久，这情已刻在脑海里。所以总是无法喜欢城里的那些灯红酒绿、纸醉金迷。说这话时，他拿树枝在地上写"乾坤容我静，名利任人忙"。他的字写得真好，正如眼前的山峰，虽非知名，却是险中求稳，别有风趣，又如深山中人，瘦硬清寒，神气充裕，常令尊者驻足，平民屈膝。我想，我也得好好练字。于是，捡块石头在地上画："落叶虽成空，紫气自升腾。"

他说："对得好!"于是，他笑，我也笑。

10月3日的二龙山，夏未走，秋已至，所以虽有明媚的艳阳，又不乏天高云淡。夏与秋交相辉映，一个热烈，一个厚重，宛若兄妹般和睦，又如情侣般亲昵。傍晚的时候，我们还是品到了秋的味道：感觉身上的短袖有点儿短了，手里的遮阳伞有点儿多余了，耳畔的秋虫开始呢喃了，身边的微风带些寒意了，偶尔有落叶从头顶飘下来，仿佛一曲纯洁的禅音，悠悠地飞进脑海，又带着丝丝清凉，慢慢地浸入身体，于是，满满的诗意从心里往外荡漾、荡漾……

晚7时，我们下得山来，夜幕已经降临，累，却快乐。

我们一路观山、阅人，感慨万千，捡来一副对联应景："冷秋、冷夜、冷落叶；暖情、暖意、暖岁月。"

晚餐安排在水中央的一条船上，L镇长来了，F局长也来了，于是感觉船小了，温度高了，蓬荜生辉了。

停电了，店家点了蜡烛摆在店前桌边，那烛光黄黄的、暖暖的，能驱寒，于是房间里一下子热闹起来，大家谈天说地，举杯畅饮，仿佛喝的不是酒，是山泉。还有人即兴唱起了歌："共祝愿，祖国好，祖国好!"

于是，歌声伴着酒香在二龙山下飘散、飘散……

2016年10月12日夜

邂逅郑和公园

来长乐办事，入住昆仑大酒店，下楼寻找小吃，抬眼却见巍峨一山，拾级而上，忽见一匾，书曰"郑和公园"，园子不大，清净典雅，错落有致，有三峰塔，有天妃宫。园内盘根错节的榕树，仿佛已有千年，可遮风，可挡雨，可攀，可坐，可依，可把玩。那榕树的枝，长出多而长的须来，偶尔会在风中摇动，拂了人面，仿佛资深美女的手，带着温度。

我边走边想，缘何长乐会有郑和公园？按理，那郑和该是明代人，下西洋也该从江苏出发啊。我去询问路边行人，那人操着闽腔，自豪地告诉我：从前，包括昆仑大酒店在内的这片地方全是河道，和东海相连，郑和曾从这里下过西洋，所以在此建了郑和公园。

28日，我离开长乐前往福州市区办事，车上无聊，在百度搜"郑和公园"方知，郑和公园又名"南山公园"，始建于北宋，在郑和下西洋待港候风期间，对其进行全面整建，成为佛、道教信奉者朝拜的圣地，其间的三峰塔是郑和船队出入太平港的航标塔，郑和第四次下西洋在太平港候风时，为酬谢"海神天妃保佑"，奏请明成祖恩准在长乐南山塔东面的三峰塔旁建造一座天妃宫，作为船队官员祈福和谢神之处。1985年，长乐人在此建郑和史迹陈列馆，至此改名"郑和公园"。

长乐人是真的富裕，海外关系也是非常了得，连开出租车的司机都会讲满口的英语，问其缘故，笑曰：在澳洲待了21年，刚回来。

长乐不算"高大上"，但空气很干净，长乐也有阴天，但却没有雾霾。

长乐，还可以再来!

2017 年 2 月 28 日

从草原天路到白洋淀

车驶离"草原天路"时，我们有点迷茫，不知道下一步去哪儿。L说，心目中的草原应该是"风吹草低见牛羊"的样子呢。我说："快看，前面有马!"一车人皆笑。Z趁机动员大家："要不，我们去白洋淀?"这一提议，在我们中全票通过。

于是，我们的车头从张北转向涿鹿、雄安方向。

我从来没有想过，今生会在这个叫涿鹿的小城驻足，倒是蛮安静的，住宿也不贵，80元一晚的标间，条件还不错。收银员属于不老不少、不丑也不美的那种女人，大概太清闲了，一个人在低头练歌，音质不是很好，音域不是很宽，音调也不是很标准，但我觉得，她的幸福指数极高，于是竖起大拇指给她点赞。听我夸她，她笑了，笑得很甜，脸上还有酒窝。

清晨起来，手机里赫然跳出一条信息："您的小型汽车豫C9××Z8在张涿高速，因超过规定时速10%以下的违法行为，被交通技术监控设备记录，请及时接受处理。"

唉! 人生莫非就是这样，千万里，我寻她而来，深情凝视，温柔以待，而收获的，也不过是个罚单而已。

我们一路歌唱着来到了白洋淀。

白洋淀是国家5A级旅游景区，位于河北省中部，是河北第一大内陆湖，南距石家庄、北距北京、东距天津均不超200公里，是京津冀腹地。

白洋淀汇集了9条河流之水，形成由3700多条沟渠、河道连接的143个大小湖泊群，湖群中岛屿和湖畔分布有36个村庄。秋季芦苇收获后，淀水一片汪洋。夏季芦苇密集，水道形成苇墙中的迷宫，其景色非常独特。

景区内有这样的广告词："早知有此园，何必下江南。"我笑，其实在我眼里，白洋淀的水跟江南的水还是有差别的，江南的水里透着灵性，如温文尔雅的少妇，而白洋淀的水，缺一些神秘感，一望无际的，太直白。芦苇丛虽给淀水增添了些许姿色，但芦苇荡里却有鸭子出没，惊扰了淀水的安静。我们都带了泳衣，却不敢下水游泳，船家说：淀水深8米，深倒不怕，关键是有鸭粪——脏。那荡舟的女人脸上也有笑容，可笑容里却藏着北方人天生的豪气与彪悍，不一定不好，却不敢轻易招惹——万一炸了呢？

雄县、安新、容城，三县合并后更名雄安，自从更名后，便真的雄了起来，也能理解，天下百姓都投来了羡慕的眼光，且从各地蜂拥而来，投机的、投资的、寻梦想的、寻信仰的、寻金银的，都有。于是，雄安人昂首挺胸起来了，房价从四千元变两万元了，连咸鸭蛋都改六块钱一枚了。

7月1日这天，安新这地方太阳很大，气温35度，汗水浸透衣背，湿热难耐，所以我颇有些狂躁感。但还是坚持着去了嘎子村，看了荷花大观园，还有异国风情园。其实白洋淀的荷花还是蛮漂亮的，只是被如织的游人吵得失去了安静。离开时，我想，假如白洋淀也来一条像西塘那样的烟雨长廊，建几座像乌镇那样的能让人遐想的茶馆或者让人发呆的咖啡屋，或者有绍兴的女儿红、茴香豆，使人能够坐下来，让身心有个寄托的地方，岂不更好？

北京时间 16 时许，我们一行四人找了个离景区数公里的饭店，小憩片刻，突然决定打道回府，杀回那个十三朝古都的家乡，因为：洛河水清澈，不仅可荡舟，还可游泳；洛河岸边有杨柳，能安抚燥热的太阳，让她不发飙；上得岸来有陋室，依窗可品茗茶，可填字作词，亦可观夕阳西下。

2017 年 7 月 6 日

我与荷花有个约会

微山湖之行，有点奢侈，故不敢轻易形成文字，生怕哪个一撇一捺掌握不到位，毁了整个页面。

因那一段时间疲劳过度，那两天我尚在病中。

但还是总有接待不完的当事人、接二连三的咨询电话、"十分重要"的会议、领导交办的"十万火急"的工作……

这时手机里又跳出那行字"明天有雨，请带上雨伞"。原本温馨的提示，在我看来却成了忽悠，因为这片雨提示得太多，却总是不来。正如那些堆积如山的工作，上司总是说："再坚持一下，很快就完。"可总是没完没了一样。

我整个人仿佛陀螺般转啊转，无法停止，又如被绑架了一样，没有自由、没有自己的空间。于是我开始烦躁、胸闷、心慌——想摔手机。

微信里跳出一行字："姐，我刚从微山湖回来，感觉很美，还想去，一起如何?"

"好!"我第一次不假思索地答应了，此后便有了这趟微山湖之行。28日，那辆黑色的奔驰载着齐鲁、希希公主、麦麦和我，去赴一趟荷花之约。

微山湖最大水面约 664 平方公里，是我国北方最大的淡水湖，铁道游击队的摇篮。恰遇微山荷花节开幕，微山湖宾馆早已客满。所幸有齐鲁表弟（《大众日报》记者、微山湖人）在，于是，我们一行四人享受了不同寻常的待遇。

当地气温 32 度，天气晴朗，其实是比较炎热，但——那些"才露尖尖角"的小荷如"杨妃出浴"般向你招手；那些盛开的荷花（红的、紫的、粉的），像隐匿于红尘的僧侣，不惹喧嚣；那些纯净原始的风景，如湖中心那片清澈的水，能洗涤你疲惫的心；那碧绿的接天莲叶如意中人的绵绵情话，安抚你动荡不安的灵魂；那渔家女子轻盈淡定地点着船上的按键，小船安稳地行在湖面，让你仿佛回到故乡，尝到了母亲做的粗茶淡饭，感觉踏实舒心，以至于忘记了先前那些个匆匆的过往。

我想，世间还能有什么能比得过这片刻的清凉？就像那散漫的时光最醉人心一样。于是，我把手机调至航空模式，安静地体会这青山秀水、奇灵处所，贪婪地享受这花开四周、云淡风轻的感觉。再借一杯酒的轻狂，站在船头改编低吟："毕竟微山七月中，风光不与四时同，接天莲叶无穷碧，映日荷花别样红。"

表弟把我们的午餐安排在了船上，微山湖纯野生的龙虾、鲤鱼、渔民兄弟家自产自销的荷香八宝鸡、七彩睡莲梗、咸鸭蛋等，再配上青岛二厂的啤酒。表弟说：都是家常菜啊，老表们不要见笑，只是寻找一种气氛，让大家体会一下这"彩溪回折，荷荫滴翠"的感觉，从而能铭记"孔孟之乡，萃集英合，岱宗风日，泰山巍峨"的味道。

我们醉了，醉倒在微山湖的荷花荡里，醉倒在齐鲁之夏的片片碧绿里。

回来的路上，齐鲁叮嘱我"写吧，记下这一趟美丽之约"。我说"还想来"。于是我们四个人达成协议：等到秋末初冬，带上那些个没来的朋友，告别身边的喧嚣纷扰，再来微山，品尝大闸蟹的鲜美，享受小城镇的温馨宁静。

一晃数天过去了，我想我不能食言，拿起笔，坐在窗前，写一首夏天的歌。这首歌里，有花有草，更有酒的味道。你知道的："酒的好喝，就在于它的难喝。"

唯愿朋友中，有知音者为之谱曲，有好乐者齐声唱和。因为，这是一个不愿倒下的中年人脱下铠甲，躲过柴米油盐，写的一首五味杂陈的歌！

2018 年 8 月 4 日

灵秀之地画眉谷

在这城市里，处处都在发声：汽车的发动机，空调的外机，冷热气流交换；电动扶梯的运转，地铁工地的打夯声，路面在震颤；高架上轰隆隆的马达声，蓝天中机翼搅动气流的轰鸣声，天空在震颤；饭堂里油锅爆响，绞肉机不停转动，案板上鱼肉与刀俎不停碰撞；街道上高音喇叭，声嘶力竭地喊叫着甩卖的最后期限；办公平台上，任务栏的数字不停地变化着、上涨着，如电流般"吱吱"地钻入脑海，刺激着神经；办公室内，当事人争着吵着催促着，庙会一般……所有的声音从建筑物上反射过来，再反射过去，在无数次的反射中，原始的声响在扩大、传播、加剧，变换成分贝，钻进人的耳朵……

我想静静！

所幸迎来了端午，领导说："端午不休息，加班。"我说："行。"但还是决定，抽出一天时间，逃！

不敢走远，于是，我们驱车130余公里来鲁山，在众声喧哗中辟出一片静谧世界。

我们原本想去忘忧谷的，却误入另一个方向，正在犹豫时，见路边一中年汉子，笑容可掬地站着，便问："老乡，有没有好看又不掏钱的景点？"那小老乡憨厚地笑："往前6公里有个想马河，不掏钱，水挺清的；向左1公里是画眉谷，65块钱，4A景区，建议看看。"我们一行 5 人，相互交换一下眼神：4A，门票 65，按说也不算贵，来都来了，莫不是天意？于是瞬间达成一致意见：就看画眉谷。

我们驱车至谷中，行至 65 号农家时，停下。午餐后，休息至下午 3 点多，太阳依然炙热，但因时间有限，不敢耽误，我们便戴上遮阳帽，拎上水杯，一路歌唱着，沿谷而上。

画眉谷位于鲁山县尧山镇境内，以有众多的画眉鸟栖息繁衍而得名。景区植被覆盖率高达 95%，各类景点 100 余处，奇峰、怪石、清溪、碧潭、幽峡、秀瀑、石洞、湖面、山花、野果，构成了完整的风景区体系。飞瀑高悬，流水潺潺，整个人一下子感觉清凉起来，内心似有清泉流淌，便觉满世界都变得安静且妖娆起来。

游客并不多，我们一行 5 人，走走停停，但见满谷风景如画，满地吐绿染翠。行至盘龙谷，碧潭成串，跌水欢歌；至杜鹃湖，碧波荡漾，山清水秀，方知其得名"袖珍三峡"的缘由；至六叠瀑，体会到"飞流直下三千尺，疑是银河落九天"的寓意。

置身画眉谷，时时空气清新，处处心花怒放，如田园仙景，似山水画廊。只是没有看到画眉，尚有些许遗憾。

想着不能辜负了这偷来的片刻安宁，于是我打开手机，从"度娘"那儿借来一句诗："灵山多秀色，空水共氤氲。"本想大声朗诵呢，却发现最后俩字不会念。我说："前辈，不要太渊博嘛！"大家捧腹大笑。我们这群自诩为"阳春白雪"的人在嘻嘻哈哈中，回到农家，喝酒打牌，偷享一下"下里巴人"的乐趣。

2019 年 6 月 9 日

山 里 人 家

有些事，该做时不能拖，不然会后悔。

说起来话长，有一天，遇到以前的邻居关哥，他问我："知不知道哪儿有卖《天工开物》的？上观的山里有一位老人，想寻一本这样的书。"我笑道："现在读书的人都不多了，谁还读《天工开物》这样的老古董，莫不是外星来的？"关哥笑道："这老人，还真是少见，一辈子没走出过大山，但却是饱读经书，这两次见我，总是问能不能买到《天工开物》。"

之后，我曾委托朋友去新华书店寻过，没有找到，后来便忘了这事儿。再后来，好朋友闲云在网上发现了这本书，赶紧地买来，可是，那个饱读经书的山里老人，却撒手人寰了。

我莫名地感觉有点对不住那个老人。于是跟闲云等相约，抽空去看看他的子孙，做一些力所能及的事情，比如捐点款、送一些旧衣服什么的。说着说着，疫情来了，之后夏天又到了，雨水多，山路不好走，一晃大半年没了。

今天天气不错，阳光明媚，秋高气爽，豫 C9××Z8 载着我们一行四人，辗转来到宜阳县上观乡三岔沟沙岭村。

真是深山，房子里、院子里、山坳间，写满了沧桑，沧桑里藏着静谧，静谧里孕育着生机。

出门是坡，上了坡又是山，山边有纵横的沟壑，沟壑交错处，有一片一片规则的或不规则的田地，一看便知是主人一锄一锹刨出来的。

山里人家的生活简单快乐，有山泉从地下冒出来，不用花钱，却取之不尽、用之不竭，粮食和蔬菜都是自己种的，随便一做，不需要调料，却自带大自然的芳香味儿，安全又营养。

山里人家的天空干净亮堂，院子建造在一片低洼处，盆地似的，有阳光的日子里，手搭凉棚，抬头仰望，但见院子上方的一片，蓝的是天，白的是云，黄的是太阳，纯洁、和谐，正如他们的心一样，透着亮，装着希望。

山里人家的日子很悠闲，他们日出而作，日落而息，清贫却幸福美满，单调却乐观向上。夏天的夜晚，搬一把竹椅坐在院子中央，一边数星星，一边计划着他们的芝麻黑豆、柴米油盐。那些个零零碎碎的事情，把时光填写得充实而丰满。

这里原本是一片林地，银杏、松树、柏树等数不胜数，林间偶尔还会有野猪出没，傍晚时候，也会有黄鼠狼在鸡窝边偷窥；田间有各种绿植，比肩接踵，竞相生长，和睦相处；半坡的山地上有一堆堆刚收割的花生，散漫地放着，自然风干着，等着主人抱它们回家。

这家的主人很单纯。正值中年的男主人标准身材，高高的、瘦瘦的、帅帅的，40多岁的人，脸上已有岁月的烙印，但笑得很腼腆，不遮不挡，自然真诚。衣服是很便宜、很休闲、适合做农活的那种，轻弹一下，还会有尘土落下，却不觉得脏。女主人头发很随便地扎着：干干的，缺些水分；乱乱的，没有发型。穿戴也不讲究，红上衣亮得有点刺眼，深蓝色的裤子皱巴巴的，一双早已变形的网球鞋很随意地蹬在脚上。

"来了？屋里坐呀！可脏可乱，甭笑话啊！"

夫妻俩一前一后张罗着，一举一动、一颦一笑，都散发着泥土味儿，跟眼前的大山和谐默契、浑然天成。

　　这家有四个孩子，分别是20、17、14、12岁，大姑娘1岁多时遭遇车祸，不幸成了二级伤残，见客人来，按捺不住地激动，手里捏着一个花生不停嚷嚷："花生，能吃，没有毒，哈哈……"长子礼貌文静，普通话很标准，轻言细语的，很腼腆；次子聪明伶俐，两只眼睛扑闪扑闪会说话，依偎在我们身边，一会儿递过来一个核桃，一会端来一杯竹叶茶，柔柔的、暖暖的，很有亲和力，叫人不由得对他生出好感。我们问他想不想到城里玩，他不假思索道："不去，去了我爸我妈咋办。"小女儿最是可爱，皮肤虽不白净，却红润，头发不长，乌黑油亮，很是健康，见有客人来，偷偷跑屋里换了件漂亮的裙子出来，自己采些花草编成花环戴在头上，那黄花、红花、紫花跟她的眼睛一起眨着、亮着、笑着，令人陶醉。

　　四个孩子围着我们，像过年似的，眼里写满了兴奋。午饭后，老三老四带着我们出去遛弯，他们穿梭在山间，一会儿兔子样飞驰而去，一会儿燕子般倏忽不见，忽而递过来一把野山楂，忽而捧出几朵灵芝，一会儿不知又从哪儿弄出一条风干了的蛇皮来，变戏法似的炫耀着山里的宝贝。

　　蓝天下、白云间，回响着他俩爽朗的笑声，宛若银铃儿……

　　时间过得真快，下午5点，我们离开山里人家。男主人装了玉米糁儿、花生、黑豆等农产品，硬要塞给我们，我们给钱，他坚决不要，还很生气："打我脸不是？都是自家地里长出来的，又不费劲儿，要什么钱？"

　　大丫听说我们要走，噘着嘴生气，大少、二少、二丫跟他们的父母一起，送我们走了一里多地，仍然依依不舍，嘴里不停地念叨："再来哦！"

　　车转出山坳时，回头，仍见他们站在那里，如同山道边的一丛野竹子，参差不齐，却错落有致。

马车说，下次来时，别忘了给男主人捎些做葡萄酒用的冰糖；我心飞翔说，给女主人带几件漂亮的裙子；闲云说，还有孩子们想要的书……

我回头望着这片净土，默默祈祷：愿人世间的所有美好，他们都能恰逢其时。

2020 年 9 月 20 日

我爱朱槿花

我去过柳州，去过玉林，去过桂林，却总是与南宁擦肩而过。

这次有案件需要去，真好。

9月1日动身，2日上午，我直接杀到房管局，被人家告知，这里的司法查询窗口设在南宁中院，我眼前一亮，这可是全国第一家啊，在心里立刻给南宁点赞！

司法查询窗口人不多，工作人员态度也很好，我忘记带送达回证了，工作人员就直接打印好回执，方便我们存卷，一个多小时工作全部搞定，我对南宁的好印象再次升级。

南宁是环北部湾沿岸重要的经济中心，东邻粤港澳琼、西接印度半岛，是华南沿海和西南腹地两大经济区的结合部以及东南亚经济圈的连接点。南宁古属百越之地，三国时，属吴国辖地，东晋时晋兴县成为南宁第一个地名，南宁建制从此开始，至今已有1700年的历史。

从南宁中院出来，M主任说：这个城市四季有花，尤以朱槿花著称，朱槿花大色艳，品相优美，且可入药，建议转转欣赏。于是我们步行回宾馆，一路赏遍地花开，闻绿植与青草的味道，没有一点身居闹市的感觉。

朱槿花是南宁市花，又名扶桑，扶桑是传说中的太阳树，是神木。其形脱俗、洁净，天生带着一种微妙的美，其寓意为"光明与吉祥"。

桥上、地面、店铺前、马路边，到处都是朱槿花和三角梅，如美女般向我们抛着媚眼，使心里也不住地春意盎然。

下午，我们步行来会展中心，更体会到这个城市的文化底蕴。资料显示，南宁国际会展中心于 2000 年动工兴建，2005 年建成，是中国-东盟博览会的永久会址，曾获得"2008 年度中国会展业最佳展馆奖""2009 年度中国最佳展览场馆奖""新中国成立 60 周年建筑创作大奖"等殊荣。其造型亮点是形似南宁市市花朱槿花。

下午 4 点，有朋友赶来带我们去逛青秀山，一个 5A 级的城市公园。

青秀山又名青山，峰峦起伏，林木青翠，面临邕江，后倚群峰，气势雄伟，风景绝佳，被誉为"南宁的巨肺"。其景点有龙象塔、天池、步云门、荷花池等二十多个。我们坐缆车上山，再步行下山，眼球被这里的一草一木所吸引，便觉时光飞逝，转眼已是傍晚，我们漫步而归，对其依依不舍。

我们至山下，整个肺仿佛被清洗过一样，呼吸也顺畅起来。

晚 7 点半，被朋友拉到"老鸭梨烤鸭店"，大家谈天说地，推杯交盏，释放了半年来所有的压力。10 点钟，我们结束一天的行程，回"三月花酒店"，睡眠极佳。梦中，那朵美丽的朱槿花，依然在脑海里盛开着、芬芳着。

3 日，我离开南宁，赶着去昆明办理下一个案件。动车上，倚窗而坐，只见遍地绿色，满眼花开，偶尔有房子从大片绿植里，露出一点红色的房尖儿，小红帽一样，跳着、笑着，仿佛在说"再来哦"。"是的！"我说，"必须再来！"

2019 年 9 月 3 日

红河之美在建水

读《瓦尔登湖》时，看到北大教授何怀宏关于《梭罗和他的湖（代序）》里的一段话——

我们总是过于匆忙，似乎总要赶到哪里去，甚至连休假、游玩的时候也是急急忙忙地跑完地图上标上的所有风景点，到一处"咔嚓、咔嚓"，再到一处"咔嚓、咔嚓"，然后带回可以炫示于人的照片。我们很少停下来，停下来听听那风，看看那云，认一认草木，注视一个虫子的爬动……

我被这段话触动，突然想远离这个嘈杂的世界，去一处清净地儿，寻找一份纯朴、一点安宁。

来云南红河哈尼族彝族自治州的建水县，便是一次我与浮躁世界的抗争。

9月4日，我们一行5人从昆明出发，自驾3个多小时赶来建水县。

KH提前联系了"阿弥塔瓦"，很优雅的一家民宿，进得门来，有漂亮的茶台，琳琅的紫陶茶具，旁边放一书桌，主人仿佛刚写过字，一纸的《心经》墨迹未干。良久，民宿内进来一小伙："对不起，刚在楼上做了个手工，有失远迎。"原来是个90后啊，我们面面相觑，弄不懂，一个20多岁的年轻人如何能静下心来去研究《心经》以及这些泥巴？他赶紧解释："我做手工茶具，喜欢在上面刻上《心经》，因此便要练习，久了，便愈加喜欢这份氛围了。"

来建水，我认认真真地做了以下几件事儿——

一、查资料，了解建水概况。

建水古城位于昆明之南220公里，古称步头，亦名巴甸。南诏政权于唐元和年间在此筑惠历城，惠历为古彝语，就是大海的意思，汉语译为建水。元时设建水州，属临安路，明代仍称建水州，清乾隆年间改建水州为建水县。建水城最早为南诏时修筑的土城，明洪武二十年（1387年）扩建为砖城。李定国攻占临安城（今建水）时，南北西三城楼毁于战火，康熙四年（1665年）又复修，后再度毁损。唯有东门朝阳楼，虽历经多次战乱和地震，至今已六百多年，仍巍然屹立。

建水县在元代就始建庙学，明洪武年间建临安府学，之后又建立了崇正、焕文、崇文、曲江四个书院，当时，有"临半榜"之称，即云南科举考试中榜者中，临安府就占了半数左右，堪称云南之冠，所以建水从来就有"文献名邦""滇南邹鲁"的称誉。

建水古城至今保存有50多座古建筑，被誉为"古建筑博物馆"和"民居博物馆"。1994年，建水经国务院批准定为第三批中国历史文化名城。

二、品建水豆腐，享受舌尖上的美味儿。

临安城豆腐的历史极其悠久，早在清代中后期就享有盛名。其中以城西周氏烧豆腐味道最佳，相传周氏豆腐从清光绪九年（1883年）开始制作，其选料认真，加工精细，专用大而圆的白皮黄豆，做出的豆腐洁白细嫩、火烘不变黑。做好后用小块纱布包好，压上特别的木板，待水流尽后，去掉纱布装入簸箕内，每块豆腐放上一点盐，再盖上一张簸箕，隔日翻动一次，待呈灰白色，即可烧食。烧时用火盆装上点燃的木炭，架上用铁条焊接成的网，铁条上涂以香油，放上豆腐烘烧，边烤边翻动，待豆腐充气膨胀，即可蘸以配好的甜咸酱油、辣椒面、蒜泥、味精等佐料食用。

我们在店里坐下来，我们边吃边问，店家边烤边讲，每品尝一块，店家便将一粒玉米从一个碗里挪到一个盘子里，我问："这是干啥呢?"她笑答："计数，每块5毛钱。"我们都觉得好玩儿，于是吃得更欢了。临走才发现这家是建水十大名店之一，系《舌尖上的美食》栏目组拍摄地，颇感自豪。

三、逛紫陶街，从泥巴里寻找美丽。

建水有上千年的制陶历史。建水紫陶以本地陶泥为原料，由于泥料细腻，在湿润状态下的可塑性较弱，故一般不采取灌浆注模的方式制成器型，也因此成就了建水紫陶可以在器物表面做细微雕刻填泥和无釉磨光的特殊工艺，这也是建水紫陶与其他含沙陶器的最本质区别。

我们看年轻工匠制陶的整个过程，熟练而轻松，仿佛在玩儿，又像做游戏，安安静静的，又很专注，一会儿工夫，便有陶器成型，惟妙惟肖，美轮美奂。

时间过得太快，我再次流连忘返。忽见同伴们在百米外的树下等候，方知自己掉队了，赶紧离开去往下一站。

四、参观文庙，体会中华文化之博大精深。

建水文庙完全依曲阜孔庙的风格规制建造，整个建筑宏伟壮丽，结构严谨。入门便见孔子的雕像，给人以肃穆庄严之感。建水文庙隔壁是建水一中，怪不得建水有"临半榜"之称呢，原来地气儿好啊。

建水文庙是以庙为学，兼有祭祀孔子和推广儒学功能的礼仪性建筑，系全国重点文物保护单位。

时间有限，我拍了不少照片，回来再细细研究吧。

五、赏朱家花园，了解一个家族的兴衰史。

导游介绍：朱家花园始建于清光绪年间，是当地乡绅朱渭卿兄弟所建。建筑占地2万多平方米，其中房屋占地5000多平方米，主体建筑呈"纵四横三"布局，房舍格局井然有序，院落层出有致，民居建筑用料上乘、雕刻精美、结构精巧、布局考究。整组建筑陡脊飞檐、雕梁画栋，精美高雅，庭院厅堂布置合理，空间景观层次丰富且变化无穷，形成"迷宫式"建筑群。它形制规整、内雅外秀、布局灵活、结构统一，在丰富的形式中包容了深刻的文化内涵，具有较高的建筑艺术价值，号称滇南大观园。

观朱家花园，穿越时空，让人不得不感叹家风传承的重要性。

六、夜游朝阳楼，"偶遇"大书法家张旭。

朝阳楼是建水历史悠久的主要标志之一，祖国边陲重镇的象征。唐元和年间南诏政权在此筑惠历城，城系土城。明洪武二十年，明军平定云南后设临安卫，筑临安卫城，在原有土城的基础上拓地改建为砖城。城有四门，东曰迎晖（朝阳）门，南叫阜安门，西为清远门，北为永贞门。明末，朝阳楼西南北三楼毁于战火，仅存东城楼。

夜幕下的朝阳楼像极了天安门，我发一张照片到朋友圈，马上有朋友问："去北京了？"城楼正面书"雄镇东南"四字，恢宏大气，背面草书"飞霞流云"，落款竟是张旭。QL说："长见识了吧。"我说："的确，第一次见'草圣'的字。"

晚10时30分，我们依依不舍地告别朝阳门，回阿弥塔瓦家，房间里有精美的茶具，感觉不用实在对不起主家的细心周到，于是泡一壶普洱，坐在小阁楼的窗前，借着灯光，边品茶边欣赏建水的夜景，感觉这建水，宛如一本在面前徐徐展开的书，每一页都记载着自己的纯朴、温润、静雅，让人不由得被它的美所折服，所俘虏，于是感慨：红河之美在建水。

晚 12 时，喝完最后一杯茶汤，我在心里夸一下自己："选择来建水休闲两天，真英明!"

2019 年 9 月 8 日

塞 上 日 记

这是一趟公差。我们背着卷宗，沿着母亲河行走。

5日晚19时10分，我们降落在鄂尔多斯伊金霍洛机场，8时20分入住双满国际酒店，突然想尝尝蒙餐，便去了巴音孟克家。第一次吃这么正宗的蒙餐，有点兴奋，手抓羊肉软软的、暖暖的，绢一般的感觉，入嘴后尚未来得及认真咀嚼，便自动滑进胃里，如冬日暖阳般舒服。奶茶的味道很特别，初喝不太适应，细品后感觉香甜可口，意味深长。蒙古包很漂亮，服务员很可爱，我们兴奋得不停拍照，传给好朋友，微信那边传来一串文字和符号："羡慕嫉妒""别馋我"。我们哈哈大笑，笑声温暖了鄂尔多斯的冬夜。

6日一大早我们便赶到康巴什，再去东胜。因为是周五，为了节约时间及开支，不得不马不停蹄。下午5点半，从包头市政务大厅出来时，才发现忘记吃午饭了。为了犒劳自己，我决定选一个好点的酒店，于是来了神华（希望它是传说中的神话），入住后发现不是很理想，小贵，服务也一般般。

我们步行2.8公里，找到"品味老包头"，吃饱喝足，再步行回宾馆，C说"好冷"，我说"没觉得"，M问："为什么呢?"我说："想想那些堆积如山的卷宗材料，便觉得温暖，再想想那些永远也干不完的工作，还有身后领导高高举起的鞭子，浑身就开始冒汗，敢冷吗我？"众人皆笑。

这一天，我们铆足了劲儿，把上卫生间的时间都省掉了，硬是完成了三个案件的任务。彼时，室外温度-8度，当日最低温度-18度。

7日（周六），大部分时间在路上，我们沿着母亲河，边走边看边拍照，路线为：包头—巴彦淖尔—乌海—石嘴山—银川。高速公路一会儿通，一会儿不通，500多公里的路走了将近一天，高兴的时候，我们就唱《小城故事》，犯困的时候，就听《包公辞朝》，傍晚我们终于到达银川，一个个精疲力竭地才想起来，又忘记吃午饭了。

在六盘红，我们美美地过了一把嘴瘾，回思润酒店，安然入梦。

8日，我们突然发现一个好去处——美丽豪，听当地人说这里平日里很贵的，现在是淡季，很便宜，便狠狠心搬了过来。我们还是不放心，跟财务室打了个电话确认，还好，不超标，我们窃喜。

美丽豪有个茶歇区，备了各种免费的水果，茶、点心，大厅里那个大茶台长数米，用一棵生长了数百年的树一气呵成，高端大气上档次，低调奢华不张扬。仔细观察，是茶台，又是风景，是文化，亦是故事。轻拂台面，似有体温，有呼吸，魅力四射，那树木的年轮一圈一圈、一层一层，密密麻麻绕着，数了半天也没数来，只感觉像一本厚厚的书在面前展开，让人留恋。

反正是周日，反正也干不成活，我们索性坐下来品尝塞上江南的美丽。

服务员走过来，轻声细语地问："请问您住哪个房间？我能为您做点什么？对我们酒店有没有意见和建议？"我们这些个被生活压得喘不过气儿的、听惯了质问或训斥的、在抑郁边缘徘徊的主儿们，哪经得住这样的尊重，激动得赶紧提起笔，写下一串字："美丽豪，好！真好！"那姑娘腰弯得足有 90 度："谢谢！谢谢！再次欢迎您下榻美丽豪酒店！"

我们心里荡起春风，原来，做"上帝"的感觉这么美好（偷笑）。

回房间，窗明几净，灯光柔和，温度适中，茶几上有店家赠送的水果和银耳粥，让我们感觉仿佛回到了娘家一样，舒适、温馨。

书桌上有一本《黄河文学》，随手翻阅，竟然爱不释手，一口气读至子时，我带着笑意入梦。

10—11 日，在银川市民大厅等地穿梭、奔波……

11 日 12 时，从银川市民大厅出来，长出一口气，终于完成了四个案件的全部工作。

路过"中阿之轴"，驻足几分钟，草草地拍了几张照片。我跟助理小陈说，这次算是旅游了啊。她也笑：知足！知足！

我们查到已无合适的返程机票，所幸有便车可搭，于是赶紧赶回宾馆，收拾行李，简单用过午餐后，踏上归程。

路上我们依然唱《小城故事》，依然听《包公辞朝》。

11 日凌晨 3 点半，车至故乡，温度高了数度，雾霾多了数分。

次日，我重新回到"磨房"，蒙上眼，沿着"磨坊主"设定的路线继续拉磨，享受"驴不停蹄"的感觉。只是耳畔偶尔会响起母亲河淙淙的流淌声，脑海里时常会出现塞上江南那冬日的暖阳。

2019 年 12 月 15 日

喜欢那片"大水泡子"

来长春办事，原计划两天的工作量不到一天就完成了。离返程机票的时间还有 30 多个小时，我不甘心坐宾馆里虚度年华，便想着找个地方转转。嵩 09 说："去查干湖如何？"SW 问："您是说那片大水泡子？"这句标准的东北话勾出了大家的兴趣："就看这片大水泡子了！"

SW 马上表态："表弟是一汽总部的工作人员，啥都缺，就是不缺车，我让他送一辆红旗过来。"这趟查干湖之行就此启程。

2 日上午 9 时，我们乘车从长春出发，向西北在松辽平原上穿行 3 个小时，停靠在松原市前郭尔罗斯蒙古族自治县查干湖镇的一片花海前。当时当地气温 16～25 摄氏度，不冷不热恰好。

先是无边的香芋紫慢慢铺开静静延展，然后是五色梅、长寿菊、天竺牡丹竞相争艳，一片深粉、一片火红、一片金黄。她们在蓝天白云下闪着光、带着笑，开得热烈、高调、有恃无恐。

那摇曳的花枝，宛若仙女之手抚摸你的灵魂，让你把长年紧绷着的神经慢慢地放松、舒展。你会不自觉地闭上眼，贪婪地去享受她的芳香，认真地体会她的妩媚与灵透。

旁边的野鸭好像看透了你的心思，嘎嘎地冷叫几声，仿佛在说：原来你也这么"好色"啊。

嵩09提醒大家："别忘了我们是来看大水泡子的。"一语惊醒梦中人，我们赶紧收回思绪，依依不舍地告别花海，去看湖。

由于是临时出行，提前没有做功课，我对查干湖并不了解，站在湖边，想到"浩瀚"这个词，倒觉得它像是海，而不像湖。"太大了吧。"我说。我赶紧请教"度娘"，寻来以下资料，一并分享给没去过的朋友们——

查干湖，原名查干泡，蒙古语为"查干淖尔"，意为白色圣洁的湖。西邻乾安县，北接大安市，处于嫩江与霍林河交汇的水网地区，是霍林河尾闾的一个堰塞湖。水域总面积大约420平方公里，湖岸线蜿蜒曲折。蓄水约7亿立方米，是全国十大淡水湖之一，吉林省内最大的天然湖泊。大部位于吉林省松原市西北部的前郭尔罗斯蒙古族自治县境内。

查干湖资源多种多样，得天独厚。特别是渔业资源丰富。自辽圣宗至辽天祚帝的历代帝王都到查干湖"巡幸"和"渔猎"，举行"头鱼宴"和"头鹅宴"。元代至清初，这一带江流泡沼，星罗棋布，银鱼穿梭，水草肥美，雁鸭栖集。沿岸林木荟郁，田野芳草葳蕤，风景如画。2007年8月1日，查干湖经国务院批准列为国家级自然保护区。而以查干湖冬捕为标志的渔猎文化也成为其文化遗产之一。

原来如此啊！

在一号观景台，我们用尽力气，把查干湖所有的美，都收进手机并迫不及待地发给亲友们，当微信里跳动着喝彩声时，我满足地笑笑，仿佛为人类做出了巨大贡献。

时间过得真快。一晃的工夫，一天没了。

回来的路上，大家都很安静。我想，他们应该和我一样，依然沉浸在美丽中，不能自拔。车到长春时，SW说："不虚此行啊！"

我说："是啊！这一天，我们尝到了美味的查干湖胖头鱼；这一天，我们看到了花好月圆，美丽无边；这一天，我们听到了湖水拨动的琴弦，清澈悠远……"

浩瀚的湖水，无边的花海，神奇地创造出一片宁静清新的世界，能洗涤灵魂，可赶走浮躁，令人迷醉，同时也让我们明白，庚子，这个世界呈现给我们的，不仅仅是凶顽，也可以有这样的温存和美好，当然不虚此行！

2020 年 9 月 5 日

开 封 西 湖

一转眼，冬天变成了故事，春天变成了风景。

这不，还没准备好呢，"年"就来了，窗外的春意未经允许已经盎然起来。

我突然感觉自己的房间变大了，空空旷旷的，有一些寂静，便想起 SUCY 来。

电话那头，SUCY 说："姐，看开封西湖?"我说："行!"只是三言两语，便已确定——我们一起去开封。

难得的七天长假，难得的道路畅通，难得的闲散且温润的心情。

我拿了恋人的眼光安静且专注地欣赏她——开封西湖。

开封西湖位于开封新区东部，是衔接新老城区的景观带，风景区近 9000 亩，相当于 9 个龙亭公园，她与杭州西湖一样，是全开放性景区，水域面积达 6000 亩，相当于杭州西湖的三分之二。从北向南，被划分为 6 大功能区，依次为生态湿地体验区（孕水）、滨水休闲商业区（乐水），文化艺术展示区（赏水）、历史文化演绎区（戏水）、人文主题体验区（恋水）、生态郊野体验区（憩水）。

比起老城区的"四河连五湖"，我感觉开封西湖融古典美与现代美于一体，内涵更丰富些，犹如一位知性女子，让人愿意接近。

我们沿着观光慢道缓缓而行，只见迎春花正艳，柳枝泛着绿意，孩子们在沙滩上嬉戏，轻松愉快，老人们在旁观望，安然自得，楼阁亭榭，点缀其中，水天合一，美丽迷人，一派太平盛世的景象。

我说，这里早晚会成为喜欢宋文化的各界朋友的后花园，SUCY 笑答："赶明儿带我妈先来一睹为快。"

傍晚，我们驱车回郑，在解家河南菜，SUCY 拿了一瓶久藏的五粮液，我们频频举杯，把"年"推向了高潮。

当最后一杯酒下肚时，她问："啥感觉，姐？"我答："first love（初恋）！"（sweet feeling like first love，甜如初恋。）

我们俩相视而笑。

2021 年 2 月 16 日

第五部分

那些陀螺般转动着的岁月

人生如梦，梦里有理想有期盼；岁月如歌，歌里有希望有憧憬，我们的生命，即便如陀螺般转动着一刻不停，依然要保持累并快乐着的心情。

幸福快乐的办事员

那个位于洛阳市西工区定鼎大道与中州中路交叉口西南角的洛阳市劳保商店的院子里，有一幢三层楼的建筑，在二楼的最西头，有一个办公室，办公室的门口，靠墙放了一张三斗桌，一把木头椅，靠窗还有一张"一头沉"，一把折叠椅，一位个子较高和蔼可亲的老同志在坐着看报。办公室刘主任向我介绍："这是李副主任，以后你跟他一个办公室，文书方面的工作听我安排，其他工作听他安排就是了。"他指着靠门口的桌子和凳子跟我说，"这是你的位置。"

就这样，我成了这里的一名工作人员，被别人称作"实习干警"。这个单位的全称为：洛阳市 JQ 人民法院，时间：公元 198×年 9 月 26 日。

我怯怯地坐下来，却如坐针毡。

李副主任眯着眼睛在一张笔录纸上写下一个"娴"字，突然问我："你父母是干啥的?"我说："农民。""不可能，农民怎么会给你起了这么有文化的名字呢。哦，明白了，一定是有文化的农民。"他自言自语。"也没啥文化，不过初中毕业而已。"我说。他吃惊地看着我："看看、看看! 我说嘛，比我文化都高!"

这句话骗我很多年在单位不敢怠慢，总觉得自己不能给有文化的农民父母丢脸。

176

那时候我还年轻，喜欢张爱玲、三毛、汪国真，喜欢毛阿敏、苏芮和齐秦。

那时候，宿舍里没有桌子，只有一张单人床，晚上时常趴在被窝里读琼瑶读到流泪，自己也不明白是累的还是被感动的。

那时候，写简报，总喜欢用一些华丽词句，主任说，写得不错，只是有点学生味儿，自己还不太服气。有一天，碰见院长批评一个干警不会写判决，说："你这判决的内容和主文不搭，虽然也没错，但总觉得别扭，就像在粗布棉袄上补了一块缎子补丁。"回到办公室，仔细揣摩院长的话，把自己写的简报拿出来，悄悄地去掉了"全国形势一派大好，到处都是莺歌燕舞"等诸如此类的句子。心想，人都说姜还是老的辣，院长应该是对的吧？

那时候，我精力还比较旺盛，可以加班做报表到凌晨两点，早上依然提前半个小时到岗，让办公室窗明几净，让李副主任的水杯里永远冒着热气儿。

那时候，全院只有两部电话（院办一个，执行庭一个），一天下来，需要楼上楼下跑几十趟叫人接电话，因为人家都比我资历深，不敢直呼其名，只好跑到办公室一个一个去叫。那时候，总是有大把的时间和使不完的劲儿，早晨坚持跑步，晚上坚持写日记，不仅干好分内的活，还要干好领导交办的其他工作或者领导没有交办的一些工作。

一天下午，政工科长说，天冷了，没时间给儿子织毛裤，我便自告奋勇"我来吧"。于是去百货楼买了毛线和教程书，回到宿舍对着书上的花形学着织，一直折腾了半个多月。后来有一天，科长高兴地夸我："哎呀，强强（她儿子）说毛裤可暖和了，尽管两条腿宽窄不一样，但真是实惠呀，用了不少线吧？"我羞得脸都红了，直感觉对不住科长，这辈子就给人家儿子织了一条毛裤，还整了个两条腿宽窄不一样。

那时候，我的体重只有 45 公斤，同事从杭州捎回来一条丝裙，大片的荷叶，有才露尖尖角的荷花点缀，17 块钱，穿在身上，美得飘飘然找不着北，分明觉得自己就是一朵出水芙蓉。

那时候，也累，但没有丝毫的怨言，偶尔，也会掉眼泪，可那泪水却不苦，也不咸。

那时候，我还是一个办事员——一个不知疲倦的、幸福快乐的办事员。

2009 年 7 月 8 日

至亲至疏夫妻

早晨一上班，就见她站在我办公室门口，面目清秀，但脸色苍白得有点不太正常，身边还有一位 70 多岁的老太太，眼睛红红的，像是刚哭过。

她说："我叫李花，我妈跟我爸闹了点矛盾，想拜托你们处理一下。"我把她们娘俩请到办公室，看她带来的诉状，还有一份诉讼保全申请书。她继续陈述："我弟弟在北京工作，半年前，因病突然去世，留下房产一套，父亲就委托天津的大姐把房子卖了，得款 85 万元，却分文不给老太太，可是老太太身体不好，血糖高，天天用药，我原本该帮帮她的，无奈我三天做一次透析，家里的钱几乎都'捐'给医院了。所以不得不来法院，请你们帮忙，只要把账号一封，我父亲就会让步。我妈说了，她只要 30 万元。"

"唉，这大过年的，可是，不来又不行。"她腼腆地补充着。她的话语和表情，愧疚得好像这时间来立案欠我们什么一样。

"都是一家人，有这个必要吗？"我劝她，"何况还得提供担保，还要交纳保全费、诉讼费。"

"有必要，"她态度坚决，"我了解我父亲。"她母亲也开始抹眼泪："闺女，帮帮我吧，不然我真的活不下去了啊。"

于是经院长批准，我查封了她父亲名下的存款，并通知双方当事人初八上午到法院调解。

等了三天，她们都没来。再通知，女儿却来了，脸色依然苍白："对不起，我去做透析，来晚了。""你父母呢？他们才是当事人啊。""哦，知道知道。"她一边说一边递过来一份撤诉申请书。"他们商量好了，父亲答应给母亲 30 万元，可是母亲病了，父亲也病了，都在医院输液，所以母亲委托我来撤诉。"

这是怎样的一对老夫妻啊。我怀着好奇的心情来医院想探个究竟，顺便核实一下撤诉是不是老太太的真实意愿。

150 中心医院神经内科的病房内，一东一西摆着两张病床，这老两口都在挂水，我一进去，老爷子颤巍巍地想站起来。"对不起啊，都是我不好，给你们添麻烦了，我不应该霸占着那些钱不给她啊……"

"不说了，不说了，我也不该去告你啊。"继而，俩人都笑了，笑得泪眼模糊，两只皱巴巴的老手从左右两张床上分别伸出来，两根晶莹剔透的液体管子交会在一起……

突然想起唐代才女李冶的《八至》诗——

至近至远东西，至深至浅清溪。

至高至明日月，至亲至疏夫妻。

"嗨，不错，我又调解了一个案件！"

我打着响指，笑着离开医院。

2010 年 3 月 6 日

2011，留住这时光

2011，又是匆匆的一年。悄然回首，得到的、失去的、欢乐的、酸楚的，每天都在交错。临近年底，谨以此文，把这一年走过的路记录下来。

2011，一杯酒，醇厚中带着些许苦涩……

这一年，星儿十九岁，告别了紧张枯燥的高中生涯，考入天商。踌躇满志，开始编织她美丽的大学梦想。不知道她有没有体会到，十九岁，对于一个女孩儿来说，其实是人生最美的时光……我只想告诉她：珍惜度过的时光，别蹉跎……

这一年，我依然是东西南北不停地忙。十一月，我告别民口，来行政庭，从一楼搬到四楼，方知"一楼脏二楼乱三楼四楼住高干"，原来也只是戏言。

这一年，老爹天天值班，老娘不在身边，老舅笑着走向黄泉。我到襄县，跪在他坟前：老舅啊，我代母亲给你送一串纸钱，原谅她已年迈，行动不便……

这一年，看着领导那阴晴不定的脸，但我庆幸：我的抑郁症逐渐好转……

2011，一首歌，唱给山水，唱给大自然……

这一年，给自己一个任务：跟水亲近，让自己变柔韧；跟山亲近，让自己更沉稳；与山水共交流，让自己更成熟；在山水间周旋，让自己更强健……

这一年，无论姐妹相邀还是兄弟做伴，我都会欣喜应允："好嘞，洛浦！走啦，周山！！"

这一年，我常常对着大自然疯唱："轰轰烈烈地曾经相爱过，卿卿我我变成了传说，浪漫红尘中有你也有我，让我唱一首爱你的歌……"

这一年，我不再有奢望，不再盼升迁，每天想得最多的一件事便是高高兴兴的，最好再活他一个五六十年。

这一年，我开始把衣服穿亮，把头发剪短，盼只盼：把心情装扮成艳阳天，把日子过得简单再简单。

2011，一段梦，寄给白云，寄给蓝天……

2011，把心思折成鹤，告诉它：飞吧，远远的、高高的……

2011，把梦想捋成风，叮嘱它：吹吧，轻轻的、暖暖的……

2011，面朝黄土，我坦言：随缘、随缘，以佛心看世间……

2011，仰望蓝天，吐心声：有缘即住无缘去，一任清风送白云……

2012，我有两个心愿要说给自己也说给亲人听……

1. 把喜洋洋（外甥）搬到我的空房间，每天看着他对自己说：要学他，饿了就吃，吃饱了就睡，睡足了就玩，偶尔哭哭闹闹，让他们知道"我很重要"……

2. 祝愿我的亲人和朋友们快乐度龙年，万事皆如愿！

2011 年 12 月 31 日

不　语

漂亮女当事人来访，眉宇间流露出不悦。她视我为亲人，泪流满面又滔滔不绝。我细听，原是男友不忠。唉，吓我一跳，还以为天塌了呢！

虽然，我一向是不认同吃着碗里看着锅里的做法的。但眼下不乏被钱烧迷糊的主儿，我这个法律人亦无能为力啊。通常女人们是重情义的，故常常为情所伤，即便是偷来的情也不例外，这便是男女的差别吧。因为逢场作戏是男人的强项，而一个女人，即便做戏，也必然是先有了一定的情分才肯去做那场戏。所以当曲终人散的时候，那擅长做戏的人卸了妆赶着去下一场，那入戏的却依然沉浸在某个情节中不能自拔，殊不知灯光已不再，场景亦不再。虽不是自己的错，久了，也只能让观众笑话。于是，这世上便总是有风流倜傥的男子，也总是有哀哀戚戚的怨妇。

看她痛苦的样子，觉得既可爱又可笑，又不便查问那男友是老公还是情人，我便只有不语，耐心做个好听众。等她哭累了，递一张面巾、续一点白水。

我朋友圈里似也有那么一个风流倜傥的上帝宠儿，却从未见他老婆伤心过。先前曾经同情过那女人，后来方知"大智若愚"是上帝赐予她的礼物。这礼物好比一个美丽的花篮儿，把微笑、无邪、天真、阳光、明媚、灿烂、宽容尽收其中。却常常无语。

那份高雅、那份大气、那份淡然，不是过来人是无法体会到的。于是我劝当事人：先学会爱自己吧，省点眼泪滋润心田，省点力气温暖肠胃。没事儿逛逛商场、转转健身房，然后对着镜子连说三遍："我漂亮！我健康！我快乐！"一个月后，如果还是不快乐，再来找我。她听得似懂非懂，又千恩万谢地走了。

晚上回家，我想着白天的事儿，暗笑自己像个江湖骗子，变着方法糊弄当事人，有点小自责，竟忧国忧民起来。我睡不着上网溜达，看到一篇叫作《不语》的文章，感觉找到了劝慰当事人的依据，甚是喜欢，但又嫌长，于是摘抄一些，改编一些，送给那位漂亮的爱哭的滔滔不绝的女当事人。

不语最深。若不甚了然，亦是静的，一句不问，在不语的凝视里等你，一点没有迫使地，使你不由自主。

不语实则亦语，用眼神看住你。这"住"字传神，无波无澜，又不依不饶，充满定力，直抵人心。即使你低着头，也无法逃避不在这眼神里变轻变小，即使片刻亦悠长。不语至柔。轻轻一眼，就有什么化了。湖无边地漾开去，言说是那样俗气了。不语体恤。把低沉的阴郁揉成云朵，风一样拂走。不语好裹藏。让所有的简明讳莫如深。当置身不语的笼罩，多少年的处世经验都可能被那种深清空。

不语撼人。无声地到人心里去振聋发聩，去绝响。惯用无声来撼人，也是恼人的。因为，就是不语。隔着时空的相视不语，是心与心的，温存、不逼仄，却更近。不语者就此令人信服自己，多么容易。所谓不战而屈人之兵。不语者永远是笼罩者。先人一步笼罩，那叫棋高一着。

多么好、多么省事、多么强大而有效，这些事竟只消不语便可解决。所以，从现在起，我也不语。

2012 年 9 月 23 日

再见，2013！

感恩······

眼见着，2013年的时光就在手指间滑走了。

翻着厚厚的日历，我想不起这一年，是怎么熬过来的。体重从59到53再到56，心情从天堂到地狱再到人间。

经历连续数天的雾霾天，让我倍感阳光的珍贵，经历了一些事情后，方知生命苦短，亲情友情大于天。

2013年，感谢亲朋好友！感恩一切！

惜命······

看到这样一段文字："算一下，假如你无病无痛，脏器无损，就已经是个千万富翁了。"

再看那些傻子们，买个钢铁做的车，每天擦，每周打蜡，细心呵护，关怀备至，稍有损伤，心痛无比。可对自己这辆血肉做成的最豪华、最应该保养的"车"，一开就是几年甚至几十年，却从不维护，即使休息，也处于怠速状态，通宵玩牌、唱歌、喝酒。到头来，把健康丢到了九霄云外，把钱送到了医院，把亲人推入痛苦的深渊······

于是，我告诫自己，要健康、要惜命、要让最亲最近的人高兴。于是我告诉朋友们：万般皆小事，唯有生命贵。

微笑……

经历了那么多事情后，终于发现：有些事，挺一挺就过去了；有些苦，笑一笑就冰释了；有颗心，伤一伤就坚强了。人生就是这样：走过一些路，才知道辛苦；登过一些山，才知道艰难；蹚过一些河，才知道跋涉；跨过一些坎，才知道超越；阅过一些人，才知道历练；读过一些书，才知道财富；过了一辈子，才知道幸福。

生活了大半辈子后，我才懂得：人生没有如果，只有后果和结果；今天再大的事，到了明天就是小事；今生再大的事，到了来生，就是传说。

人生，总是很讽刺。有时，一天之后，都成往事；有时，一别，便是一生；有时，一转身，可能就是一世。

所以，一切的一切，都可以用微笑来解决。除了微笑，我们别无选择。

2013 年 12 月 22 日

局　外　人

一个半月开了五十多个庭。终于把自己整得从不说话嗓子疼，直至吃东西吞咽困难。我猜想，不会是上帝要来取我性命吧？不行，我闺女大学还没毕业呢，革命尚未成功，同志仍须努力。于是跑去看医生，诊断为会咽部囊肿，当即决定切除！手术后无法说话，我关了手机，关了微信，关了QQ，关了通往缤纷世界的脉搏，站在大时代的边上想：时代是个局，我要做一个局外人——从现在起。

这个时代是一场流水席般的盛会：有人企盼着跻身国际都会，为敛财，不惜一切代价；有人阿谀逢迎，削尖了脑袋往上爬，只为那一官半职；有人生不逢时，起早贪黑，穷其一生赚不到一套蜗居的房子；有人吉人天相，所到之处，要风得风，要雨得雨。这盛宴，无数人参与进去，或为奇葩，或为绿叶，或为菜根儿，或为鱼肉，当然，也有刀俎。但也有如我辈这样的人：是野草，是闲花，很拼命，却总也融不进这盛宴中；是幽人，是流浪者，是走读者，有点拧巴，有点不合时宜，更不会讨权贵者的欢心。先前我常常自卑，现在想来，也没什么不好，也许正因有了我的存在，才更让你读懂了这个时代。

夜深人静时，我跟自己说：名利不是奢侈品，幸福才是；成功不是个人魅力的源泉，真我才是。

病了一场，更觉局外人之珍贵。跟前来探望的闺密感叹：人都有不同的追求，还是局外人好。甘于静止，自得其乐，不涉主流，不刻意与别人一致，也不故意与别人不同，远离名利场，拒绝说谎，拒绝矫饰自己的感情，坦诚、光明正大。她说："看你憔悴的样儿，还有心在那儿高谈阔论，全然不顾伤口是否愿意。走，陪你去理个发。"其间，她又告诉我，"刚从北京学习回来，交了六万多的学费，其中有一部分是借的。接下来还得几万元交，正愁着，这么低的工资，啥时才能攒够呢。"不过，她淡定地说："我还是觉得受益匪浅。快五十的人了，能这么拼命地去学习，不简单吧？我也奇怪，自己怎么就跟心理学较上劲儿了。"我摸摸她的头，不烧。于是不管不顾伤口的疼痛，兴奋地跟她说："我是局外人，而你，简直不是地球人，借你两万行不？这可是地球上的真钞——人民币啊，不知对你管用不？……"

这是一个当局者迷，旁观者也看不清的时代。做局外人，好！不做地球人，也好！

（后记：2014 年 7 月 4 日夜 11 点，在中心医院输完液，护士说："你的针打完了，明天可以办出院手续。"我突然很兴奋，一个人整理了行李，开车回家。6 月 25 日至今，正好十天，我虽病着，心情却很轻松，且不提亲情友情及来自方方面面的关爱，单单不用上班这一项就足以令人偷着乐了。再也不用看谁的脸色行事，再也不用一遍两遍三遍地跟当事人讲永远也讲不完的道理，再也不用担心哪个案件又超期了，再也不用挂念某领导交办的事耽误了。这样一想，我竟兴奋得毫无睡意，于是打开电脑，在这片空白处涂鸦，还给它起了个名字，叫《局外人》。）

2014 年 7 月 5 日夜

二十一年整，立案大厅话从容

王楠，我的小同事。2001 年，我调来涧西法院立案庭的时候，认识了庭里这个二十来岁的漂亮丫头，她话不多，两只大眼睛忽闪忽闪会说话。小丫头有时爱动有时爱静，动时像一只欢快的小鹿，蹦蹦跳跳的，招人爱恋，静时不声不响，让人生起"春水碧于天，画船听雨眠"的空灵的感觉。

一天很短，眨眼之间。小王楠忙着立案上的那些琐碎事，早上来不及看红日东升，晚上顾不上跟夕阳说再见。

一年很短，四季之间。小王楠说：还没仔细瞧瞧春夏的美景呢，就又得和秋冬的霜雪相拥。

一生很短，转眼二十一年。在我眼里，她还是小王楠，可是，她却笑着说"时间真快，儿子都上高中了"。

这期间，我去过民庭、行政庭、审管办、执行局，兜兜转转又回到了立案庭，小王楠却一直坚守在立案一线，身居闹市般的立案大厅，她却总能做到不怨、不嗔、不畏、不念，见世俗而不世俗，看花开花落如闲庭信步，观云卷云舒却宠辱不惊，始终保持着一种自然、真实、圣洁的感觉。

二十一年的立案工作，小王楠变成了大王楠，同时也练就了一种"形神俱妙，与道合真"的气质。这种内心的通达，使得她的工作和生活一直处在轻松从容的状态：轻轻松松地，笑对生活中的馈赠与磨难；从从容容地，把涧西法院的诉服大厅绘成了一道亮丽的风景线。

我常常想，其实，人的一生，实在没必要轰轰烈烈，像王楠这样，踏踏实实地干好本职工作，让群众满意，让领导放心，让同事舒心，安安静静地活好自己的人生，才是最好的状态。

涧西法院，有很多这样的"王楠"。

向涧西法院那些默默无闻、任劳任怨战斗在各个岗位的"王楠"致敬！

2022 年 10 月 26 日

写在 2016 年岁末

遇见小来，她问："好久不见您写东西了？""噢，"我说，"最近太忙，年底再写。"她笑："马上就要元旦了。"一语惊醒梦中人，此刻我方觉又到了岁末年初。于是，打发走当事人，关了门，跟自己进行一次推心置腹的交流。

一、老了，这是真的

表现在以下几方面：1."更"了。最怕这个字，可它却缠着自己总是不走，于是，会莫名其妙地出汗、心悸、烦躁，害得闺女常常委屈地问我："怎么又炸了？" 2. 单位的生面孔越来越多了，走廊上碰见年轻人，人家总是客气地招呼："赵局好！"回到办公室，却一遍一遍问自己："谁家丫头啊，长这么漂亮？" 3. 很多旧的法律条文想不起来了，很多新的法律法规记不住也不想记住了。每天四五份的报纸，在窗台上堆积，有时只是看看标题，有时连标题也懒得瞟它一眼，还安慰自己，那些东西，跟我有啥关系。4. 打字的速度明显慢了，办公桌前总爱重复一个动作：一会儿戴上花镜，一会儿取下花镜，且翻来覆去。5. 不太想开车了，不想外出应酬了，总想躲避人多嘈杂的地方，开始喜欢安静了。6. 承认自己能力有限了，学着说"我不会""我没时间""我真的无能为力"，尽管有些难为情，尽管内心在挣扎，总觉得对不住人家。7. 遇见不顺心的事和人，开始试着回避了，还不忘安慰自己一句："只见过狗咬人，哪有人咬狗。"……

二、可以平庸，不愿枯萎、腐朽

因为总是忙碌，常常会疲惫，会焦虑；因为不思进取，感觉身心被掏空，莫非也得了人们常说的"空心病"？为治这种病，我采取了如下措施：

（一）读书

这一年，粗读了如下书籍：1. 路遥的《人生》2. 刘绍铭的《吃马铃薯的日子》3. 刘同的《向着光亮那方》4. 麦家的《风声》《解密》5. 戴尔·卡内基（美）的《人性的弱点》6. 卡勒德·胡赛尼（美）的《追风筝的人》7. 萨伯（美）的《洞穴奇案》8. 张梦谦的《沙砾的呼吸》9. 李津的《禅机》10. 王小波的《沉默的大多数》《白银时代》11. 村上春树（日）的《当我跑步时我谈些什么》12. 胡适的《四十自述》13. 沈鹏的《沈鹏谈书法》。好像还有其他什么的，反正也记不清楚了。

（二）出行

这一年，没少外出：一月，扬州、绍兴、奉化、马鞍山；二月，西安；三月，南阳；五月，平顶山；六月，包头、萨拉齐、呼和浩特、通辽、白城、双辽、四平；七月，"北大荒"；八月，徐州、四平、双辽、白城、长春；九月，三门峡；十月，南阳；十一月，合肥、南京、泰州、徐州、菏泽；十二月，天津。（按我记得的地名记录，没有区分市、县、区、镇。）

（三）游泳

非常感谢好朋友 G 给的那张游泳卡，它让我体会到游泳不仅是一种健身方式，更是解压减负的捷径。起初也会懒，琐事缠身时常常犹豫着去还是不去，转眼又想，茫茫人海，还有几人会无私地惦记着你的健康？于是，无论多忙，总会在下班时，关掉手机，切断与嘈杂世界的联系，拎了行头，来吉彩，扎进水里，猛游几百米。然后洗掉一身的疲惫，兴致勃勃地过着既当爹又当娘既是孝顺闺女又是懂事儿媳的"潇洒"岁月。渐渐地，我喜欢上了这一片清凉世界，因为，在这里，我可以脱下"天使"的外衣，毫无顾忌地舒展自己，有时如蛙，有时如鱼……

(四) 练字

这一年的七月，偶遇 X 老师，感觉如亲人般没有距离感，仰慕他的书法及人品，遂拜其为师并整了笔墨纸砚，利用零碎时间，一笔一画地练。夜深人静时，我与欧阳询、赵孟頫"切磋"，与王羲之、柳公权、林散之"交谈"。兴致来时，偶尔抄一遍《心经》自娱自乐。霎时觉得天地宽了，世界小了，烦恼少了，幸福指数高了。每周发一张作业给 X 老师，总会得到夸奖："悟性蛮高嘛!""又进步了!"我笑："可惜入道太晚。"他说："练字是人生的一场修炼，与年龄无关，与名利无关，心存杂念的人，永远走不了高端。"我品味着 X 的话，似懂非懂。练到疲惫时，我会站在窗前，望着天猜想：他到底是像河流? 还是像山川?

(五) 吃喝穿

1. 开始喜欢自己熬粥、烙饼、做手工，有阳光的上午，会送给办公室小美女一盒点心，然后听着她幸福地喊："哇，红薯丸子，好香好甜啊。" 2. 清晨起床知道冲一碗姜糖茶或蜂蜜水一饮而尽，午休后懂得泡一杯金骏眉在太阳下眯着眼细品，睡前不忘用高脚杯倒上一两红葡萄酒犒劳自己，然后，看看闲书，聊聊微信，带着微笑入梦。3. 花几百元在小轩家定做了两身旗袍，小李家定做了两身长裙，三妹又帮着在布法罗淘了几双高跟鞋，心情好时，我会听着音乐，在小区的院子里秀上几圈儿，笑问邻里："猜猜我今年四十几?"

三、任时光匆匆流走，应无烦恼亦无忧

这一年，参加了 N 次的婚宴、满月宴，看了数十次病人，去了两趟殡仪馆……突然顿悟宇宙之大、生命之微、时间之贵、死亡之近。

这一年，我总觉得，名利越来越淡了，朋友越来越少了。很多事情，能用钱解决时尽量用钱解决，不想再求人了。

这一年，常常，把心情寄托在字里行间，和日月星辰对话，和江河湖海晤谈，和身边的树木握手，和路边的小草耳鬓厮磨。

这一年，因决策失误，使日子过得有些艰难，车贷、房贷，外加保险，犹如三座大山，致使安静岁月平添忧烦。

这一年，单位领导最爱说一个词：员额。我在"员"和"不员"之间挣扎、徘徊，最后还是带着老花镜去应试，为只为，那点养家糊口的工资。忽然有一天，立案庭把大堆的卷宗放到眼前，这才明白，自己其实是在用生命换取那点可怜的报酬和并非值钱的虚荣感。

这一年，女儿的学业走得有些艰难，我一边心疼她太累，一边担心她落伍，几番周折、几番焦虑，但终究不敢忘记重担尚在肩上，我必须把平凡的日子过得会发光。

这一年，80 岁的老母亲从上海回来，待在我身边，有时我觉得她老态龙钟，有时觉得她像五六岁的孩童，有时又觉得世间事，就是一场又一场的轮回，正如年少时她背着我走，现如今我牵着她的手。

这一年，我偶尔也会小醉一次，坐在书桌前神经兮兮地看老树的画与诗："心远无成败，山高看月小，不管什么事，没啥大不了。"

这一年，我偶尔也会突发奇想，希望眼前有一座温馨又宁静的港湾出现，毕竟有一些疲惫，也有一些孤单。

这一年，我被朋友拉进神都诗社群，听诗读词，不厌其烦，兴致来时，偶尔也会对着夜空鹦鹉学舌般地吟诵："汗水写满一纸，丢入无边城市，城市有梧桐，零散雾霾中，回头欲寻时，只有风雨声……"

这一年，我终于明白，世间事，不是"没那么简单"，是"根本没那么简单"！

这一年的最后一天，我用一纸文字梳理着360天的过往，对我的亲人和朋友说——

2016，我走在时光的路上，你们，走在我的心上。

2017，我希望，大家一起：快快乐乐！健健康康！

2016 年 12 月 30 日

我 的 2017

　　今年的最后一天，坐在窗前，翻看日记，回忆我的 2017。这一年，有苦有累，有欢乐有无奈，充实与皱纹同在，笑意在白发间穿梭。嗷！又老了一岁！但有回忆的人生，毕竟还是美丽的。

　　一月是雪白的，冰清玉洁的，有春节在这个月，亲人们都回来了，忙碌的日子总感"时光如梭"，热闹的时候总觉"岁月如歌"。

　　二月，有那么一个周日，吃饱了撑得慌，与 X 驱车向南，去看"范仲淹"。顺道浏览了程林，方知：风景就在身边，而我们总是视而不见。月底，与同事 G 和 Y 一起去了福州，欣喜了好几天，仿佛春天驻进了心间。在微信里叫嚣："谁知五柳孤松客，却住三坊七巷间。"

　　三月，在那个阳光明媚的星期天，把自己置身于丰李万亩核桃基地旁边的那片油菜花海里，嗅惊蛰的味道。之后，又与同事一起站在长影世纪城的门口，谈论着长春的"八大部"，怪自己以前对吉林了解不够。

　　四月，三妹回洛，把老爹老妈接来，大家过着甜美的生活，享受着天伦之乐。只是这日子没有持续多久，我妈惦记着小妹，说要去上海。十二日，送她至去往上海的列车上，不知为何。总是伤感，八十多岁的人，这样颠沛，不知是错还是对？老妈不在身边的岁月里，我一下子没了压力，但我深知，我的轻松，是因为有人在替我负重，感恩小妹！感恩兄弟姐妹及所有的亲人们！

感觉天快要变热了，花会快要结束了，抽空去了一趟八里堂，买了几本字帖回来，咱也冒充一下文化人，没事儿练练字儿。

五月，我呼朋唤友来到西泰山，原本要看杜鹃花，却误入情侣谷，有水，无花，太阳太大，晒得慌，总觉得缺了点啥。苦思冥想后，发现方向错了，速归。又一日，我约三五朋友驱车向西，去看地坑院，呵呵……还是这儿接地气儿！

这一月，姑姑走了，怕母亲伤心，我至今没敢告诉她。后来觉得，也是人生常态啊。我劝自己，珍惜时光。于是，我利用工作的间隙，又跑了趟司徒小镇，感觉不虚此行。

六月，我跑了两趟郑州，协调星儿留学的事儿，这个挨千刀的"YL留学"啊，诅咒它早日破产。

二十八日，与朋友L、Z、W一起送星儿至北京机场。我劝自己，不哭、不哭，咱可是女汉子啊，可是，出机场时，我笑着笑着，却笑出了两行清泪。唉！不争气的我啊！

二十九日，驱车去张北草原，再去白洋淀，突然觉得，想飞难道是孩子的错吗？或许，是自己错了？弄不懂这世界了。

七月，好朋友的儿子从威海回来，送来了蟹。我召集几个好友一起品尝，其乐融融，后来，又联合几个朋友去了趟蝴蝶谷，突然觉得我得考虑抱团养老的问题了。

八月，看《巨流河》，读《西风东土》，我想，今年的自己真是老了，老得连书都不想读了。

也是这个月，利用闲暇时间，我看了《那年花开月正圆》，看了《琅琊榜》，看了《欢乐颂2》，看得迷迷糊糊，看得似懂非懂，但还是坚持着看，只为自己不被时代抛弃。

二十九日，L远道而来，说是一起吃顿饭，还颇有用心地叫了几个陪客，说是什么节日，说是什么生日。我心里充满了感动，却不会表达。唉，这人世间的事儿啊！突然想起一句歌词来："越过山丘，才发现无人等候……"

偶尔会有些心酸，偶尔想说点什么，话到嘴边却又欲说还休。五十多岁，可真是个尴尬的年龄，失落和悲伤总是一前一后，心慌和心烦总是不离左右。

九月，开庭、开庭……我的日记戛然而止，因为，除了开庭，别无他事。

也是这个月，母亲去了天津，三妹、四妹跑前忙后，给她的眼睛做了手术。八十多岁的老人，二十多年的糖尿病患者。多亏医生医术高明，多亏三妹、四妹的虔诚。阿弥陀佛！

十月，国庆节，老妈从天津回来，亲人们也回来。高兴，不必言说。

九日起，开庭、开庭……十二日，黑色星期四，一天开十五个庭。我想，我真成办案工具了。

十一月，开庭，我偷空跑了一趟西峡，回来接着开庭。十八日，下安徽，三天带三个案件跑四个城市，至此明白了马不停蹄的感觉。

十二月，开庭……开庭……开……终于开得精疲力竭了，想调整一下，就带了案件北上京津，谁承想一回来，便嗓子发炎，躺了两天，看着天花板，我想：我到底是人还是机器？我这样拼，究竟是为了什么？想到头疼，还是想不通。

三十一日夜，看着日历。盯着"2018"那几个字，我想：这一年，我希望实现一个愿望——做一枚逆天的咸鸭蛋，咸得要命，富得流油！

2017 年 12 月 31 日夜

别 了，2018

这些年已经习惯了，岁末的时候坐下来，弄一篇回忆录什么的，一来打发无聊的时间，二来安慰一下渐渐老去的自己，挣扎着向世人表白"看我还可以吧"。可今年却不正常，酝酿了几次，总写不出来。那天，笑着跟闺密开玩笑："自己好像一个孕妇，怀了个早产的孩子，不生不行，生了又担心有缺陷，总是忐忑又忐忑的。"

2018 年挺累的，因为——

这一年，忘性大了，记性差了；这一年，体力降了，工作量却涨了；这一年，年轻人都去支援"大执行"了，审判口的力量一下子变得薄弱起来；这一年，常听领导说一句话"你办的不是案件，是别人的人生"，因为不敢把别人的人生办砸了，所以只能忙，直忙到天昏地暗，忘了冬夏，不知魏晋；这一年，感觉自己像个陀螺一样转啊转啊，转得云天雾地的，常常迷失了自己；这一年，总是幻想在一个没有门的地方冲出一扇窗——出去透透气儿。

这一年，也有不少温暖，偶尔不在食堂吃饭，便会收到几个老同事的信息"没事儿吧，保重身体啊！"；这一年，总爱做梦，梦中总有好事出现，睁开眼却似云烟般飞散。后来终于明白，梦在夜晚，而我却总是活在白天，正如露珠与阳光不能握手，彩虹总是出现在风雨之后。

这一年，已把世事看轻看淡，烦恼时，就搬个凳子坐到窗前，看门前那条河流——热天能容水草丛生，冷天能让鱼们冰下畅游，无风无浪时又能沉淀浮躁，过滤浅薄，既不恣意张扬，又不断向世界展示生命的活力……

晒晒这一年的得与失——

一、工作量

1. 带领团队成员审查立案 7200 起；2. 办理民事行政等案件 1600 起；3. 办理诉前保全案件 780 起；4. 办理申诉复查案件 100 余起；5. 参加电视电话会等近 100 次；6. 参加审委会近 50 次，参与讨论案件 300 余件；7. 外出办案 6 次，历时 15 个工作日，足迹遍布云南、贵州、新疆、黑龙江、吉林、辽宁、山东、北京等地……

二、业余生活

逛过一次玉器市场，唱过两次歌，下半年曾设想去老城品一回小吃，享受一下大快朵颐的感觉，可还没顾上呢，一年的光阴竟溜走了。

突然发现，少点业余生活也未必不是好事。好处之一，省钱；好处之二，省时间；好处之三，亲人们很充实。80 多岁的老妈心疼我太累，总是在每天晚上，把饭做好，然后逼着老爹打电话催我回家，久而久之，老妈的血糖、血压全降了，身体越来越康健了，老爹的手机玩儿得溜溜的，竟然懂得视频聊天了。

三、下班的时光里

书还是要读的。这一年，利用晚上时间看了《南怀瑾选集》《孤独》《栖息枝头的花语》《天黑得很慢》《故都子民》；偷空跑电影院看了《我不是药神》；浏览了三部连续剧：《白鹿原》《琅琊榜》《延禧攻略》。

四、高兴的事儿

1. 闺女从曼彻斯特大学读研毕业，虽然没能去参加她的毕业典礼，依然感到自己蛮有成就感的。

2. 工资需要交税了，虽然只有七块钱，嘿嘿，俺也是纳税人了。

五、2018，想说的话

1. 向跟随我一起起早贪黑的"立案速裁团队"的全体同人们致以崇高的敬意及谢意！这一年，感恩有你们一路陪伴！2. 向我未及时接听电话、回微信的机主们，以及被我冷落了或者怠慢了的朋友们致以真诚的歉意！活多，真是没有办法。

苍天在上，2018 年，我尽力了！

六、新年愿望

1. 歇歇，给这台老机器膏点油。2. 静静，聆听一下内心的呼声。3. 希望，各路神仙体谅一下我们这些个疲惫不堪的员额法官——休息时间，请不要跟他谈案件。

2018 年 12 月 30 日

2022，翻篇了

时间一骑绝尘。一转眼，2022年，就没了。

在这个岁末有阳光的下午，坐下来记录一年的经历和感受，权当给白开水里丢两片清茶，虽淡，却有一丝绿意让人心动。

这一年，世事总是瞬息万变。说它像万花筒吧，却没有花开的温馨和娇艳，而是给人一种砰砰炸响的感觉，跟放烟花似的；说它像烟花吧，却又少了些蓬勃向上粲然盛开的豪气。从早到晚，总觉得生活被一个"乱"字充斥。瞧：稻盛和夫作古，多名院士挥别人间，球王贝利西去……

这一年，明星们扎堆带货，老板们纷纷走进直播间，大街小巷的店铺空了，干实事儿的人少了，演戏的多了，大人小孩儿仿佛一下子都变成了演员，什么短视频、什么直播……调侃的、逗乐的、卖萌的应有尽有。有人为了生存，有人为了炫酷，有人为了流量，归根结底，大都是为了"碎银几两"。

这一年，那个义薄云天，一身正气的"关二爷"（陆树铭）走了，老一辈艺术家那份匠心和精益求精的精神，随着他的离去也一并隐入尘烟，再也无法复制了。听说殡仪馆里排成了长龙，人们不仅在缅怀那个有他们陪伴的岁月，更是在缅怀那个中国电视剧最经典的黄金时代，唉！人间英雄多谢幕，世上再无关云长！

这一年，能看的书越来越少了，能看的影视剧几乎找不到了。偶尔遇到一部《人世间》，赶紧追，不舍昼夜，追完了剧，又追书，累得眼睛发涩，内心却愉悦且满足，毕竟是一场难得的视觉盛宴。下半年，一部《底线》、一本《在峡江的转弯处》、一本《褚时健传》又让我眼前一亮，他乡遇故知的感觉。无聊的时候，顺便翻阅了德国作家君特·格拉斯的《我的世纪》，原来外国的诺奖获得者长这样啊。国庆以后，忙里偷闲对话心理学家张德芬，最后得出一个结论：想在这世上混下去，还真得恶补一下心理学。疫情防控在家的日子里，一杯茶、一本书、一把摇椅，足矣。看累了，也会放纵一下自己，把收音机的音量调到最大，跟着齐旦布一起唱《游牧时光》，唱得声情并茂，唱得如痴如醉。那天下楼，被邻家的小姑娘拉着手恭维："阿姨，你唱得真好听，只是有点跑调。（偷笑）"有一天，实在闷得慌了，自己趴在 28 楼的窗台上望着楼下的汽车大声吆喝："喂，楼下的，请问您是怎么出去的？"空中传来一阵鸟鸣声，仿佛在说："学我——飞。"

这一年，在《人民日报》的公众号上看到一篇文章《2022年请善待你所在的单位》，非常认同。诚然，在现在这个竞争激烈的社会，我们还能领到每个月的工资，这一切皆因为，单位默默扛下了所有！所以没有理由对单位不好。

这一年，为自己定下一个规矩：不忘贵人，不忘善良，不说闲话，不做闲人，踏实工作，良心做事，尊老爱幼，报效单位。

这一年，感谢执行局的小陈和小孙，三年的执行工作，留下很多林林总总的善后事宜，是他们一直在默默无闻地帮着接待和处理。

这一年，感谢诉服上那些充满朝气的小可爱们，当大家都觉得累且委屈的时候，我常常会一边欣赏他们的天真与任性，一边逗他们开心："年轻就是资本，瞧我，啥资本都没了，还没叫苦呢！"而他们则会一边马不停蹄地工作，一边不很情愿地容忍着我的严格要求和反应迟缓。

这一年，感谢聪明伶俐的美女助理小陈和勤劳朴实的书记员小白等年轻人，她们为诉前调解中心带来了色彩、美丽、高效和青春气息。感谢那几个知天命的和年近花甲的调解员，一年来，结案1500余起，尤其下半年，他们一边与病毒斗争，一边克服各种困难，6个月时间，结案920起，让4万多名当事人免去了对簿公堂之累，提前握手言和。

回顾一年来的工作，他们说：没想到，差不多都是当爷爷奶奶的年龄了，来法院，不仅学到了很多法律知识，而且学会了电脑打字，学会了制作法律文书，学会了云调解，学会了电子送达，学会了手工订卷，同时也学会了"军令如山"，学会了"轻伤不下火线"，学会了"期限内必须无条件结案"……

他们说：虽忙虽累，但不后悔，因为收获了充实，收获了快乐，体现了自身价值，也体会到一条真理："闲人愁多，懒人病多，忙人快活。"

这一年，更要感谢那个不远千里来自天津卫的S教练，洛浦公园那几台乒乓球桌子默默记录着他精益求精的教诲声，通往菜市场的路上烙下他自行车孜孜不倦的印记，科大医附院的监控里记录着他端茶送饭的身影，老妈的病床前有他以副主任医师身份提出的专业建议，老爹的自留地里有他学刨红薯时弄得一片狼藉的证据。年终了，他笑着打趣："唉，我介（这）一年吧，好像扛过一座扇（山），又好像骂（吗）也没干，玩儿了50年球，今儿才明白，球好打，教练难当啊！"

这一年，有苦，但更多的是甜！

这一年，虽然遭遇了严寒，但始终坚信：既然我们做了冬天里的抱薪者、发光者、坚守者，不久的将来，大自然一定会回馈给我们一个美丽的、温暖的、百花齐放的春天！

2022 年即将翻篇，祝福我的好友、同人、家人们：2023 年，平安健康！喜乐无恙！！

2022 年 12 月 30 日

等，幸福来敲门

又一年岁末。

我给自己泡了一壶大红袍，一曲《高山流水》循环播放着，有冬日暖阳从窗外照进来，洒在阳台上，与米黄色的摇椅融在一起，和谐宁静，半卧在摇椅里，关了手机，闭上眼，一边享受这难得的清闲与安逸，一边梳理刚刚送走的 2020 年的 300 多个日子，心里多了几许柔情和对旧岁的眷念。

一、值班

因为疫情，这一年的春节，我们只能在视频里相互祝福，只能通过网线联络亲情。

初七开始，我们下沉到社区，参与防疫值班，风里雨里雪里，我们觉得自己尚能尽一臂之力，虽苦犹荣。

那是个有雪的冬夜，闺女同学的妈妈从武昌打来电话，"谢谢！真的非常感谢你们，虽然只是几十个 N95 口罩，但在我们眼里，它是生命，比黄金都贵啊！"那一夜，我跟闺女都觉得，在他人无助的时候，能扶一把，是一种幸福。

二、办案

我们重新回到办公室时，才发现，好多案子要么超期要么即将超期，于是赶紧撸起袖子整治那些案子，毕竟这才是我们的主业。

当面前总有堆积如山的卷宗时，当办公室总有接待不完的当事人时，当申请执行人总是埋怨拿不到钱时，当被执行人感叹活着太难时，我们只能一个个、一遍遍，苦口婆心地相劝：每个人的生命中，都有最艰难的一段路程或者一个坎儿，迈过去了，人生就会变得高远辽阔……

这一年的案件真的难办，不仅要依法办理，更要考虑社会效果，我们不能草率地下判、机械地执行，更不能把那些从疫情的虎口里拉回来的当事人再推到悬崖边。

唉！都怪这碎银几两，可偏偏这碎银几两，把人逼得慌慌张张。真难！

当难得喘不过气儿时，闺女给我推荐了《当幸福来敲门》。之后，我便常常劝导我的那些当事人，如果觉得生活太难，不妨看看克里斯的人生。

幸福远吗？其实不远，它就在你我拼尽全力、纵身一跳的对岸。成年人的世界，没有"容易"二字，遇事不抱怨，才能将坎坷踩成坦途。

三、创建

9月份主要工作在社区、煤研所院、蔬菜公司院、延安路段等地。10至24日，为了迎接创建验收，我们下沉社区，早7点至晚10点，对突出问题进行集中整治，清除广告，清理垃圾，治理飞线，规范车辆停放，捡烟头……虽然热了点，虽然累了点，但比起办案，还是更容易些，毕竟没有多少技术含量，毕竟只是流点汗出点力而已。

四、读书休闲

在那些大人不用上班，孩子不用上学，想吃就吃，想睡就睡的日子里，我不想虚度年华，于是关了门，看书追剧听音乐。

读书清单：《月亮和六便士》《嫌疑人X的献身》《余生皆假

期》《这些人，那些事》《霜冷长河》《钱学森传》《琥珀》《终身成长》《皮囊》《金陵十三钗》《一个女人的史诗》《第九个寡妇》《陆犯焉识》《暂坐》《苍黄》《呼兰河传》等。

追剧清单：《庆余年》《精英律师》《父母爱情》《我的前半生》《决胜法庭》《肖申克的救赎》《岁月神偷》《看不见的客人》《无间道》《入殓师》《急诊科医生》《新世界》《安家》《当幸福来敲门》。

忽然发现时间过得太快，就像做了一场梦，醒来时，这一年已过去四分之三了，案件还等在那里。

干！我们别无选择。

当然，日子比较累比较难，累得喘不过气儿时，想起《当幸福来敲门》，于是便拿剧中主人公克里斯的人生来开导自己——

1. 人生在世，天不遂人愿，是世间常态。但当你坦然地面对生活的跌跌撞撞时，它也会悄然地为你打开一道裂缝，让阳光慢慢渗进来。

2. 只要不放弃，只要咬牙坚持，只要全力以赴，逆境就永远不会变成绝境。我们唯一要做的，就是再坚持一会，直到幸福来敲门。

3. 幸福远吗？其实不远，它就在你我拼尽全力、纵身一跳的对岸。

五、辞旧迎新

2020，在这岁月交接的路口，我把那些不好的东西，打个包，随风寄走。

2020，感谢那些一路同行不曾失散的亲人们。那些焐过人心的暖，那些沁在胃里的甜，那些撩动情怀的歌，那些一起走过的路，那些春水盈盈，那些夏云袅袅，那些秋月皎皎，那些冬雪纷纷，尽在不言中。

2021，唯愿亲人们：

1. 与开心同行，与健康不离弃；2. 翻开新的日历，里面全是惊喜；3. 等，幸福来敲门。

2020 年 12 月 31 日夜

后　　记

　　我越来越觉得，世间很多安排都自有深意，年少时不能领会，只能留下一些模糊的轮廓，今天坐下来，细细地再重新描述一次，让自己在逐渐清晰逐渐成型的图样前微笑、神往。

　　时间过得真快。年轻时仓皇走过的路，今日回头看去，应该是只见苍苍横着的翠微，不再见愁容了。那些先前的挫折与悲伤，那些当时曾经令我泪流满面或者痛不欲生的往事，如今再来审视，却能觉出一丝甜蜜的酸楚来。

　　今天的我，坐在电脑前，隔着远远的时空和距离，再次端详当年的你和我，便会看出那如水洗过一样的清明与干净，那像天使一般美丽的面容了。于是我总想着该做点什么，才能对得起这个曾经先是小心翼翼，而后又风风火火，然后再平平静静地走着的这个世界。

　　忽然想起年少时的情景，村里谁家有红白事儿时，总会在大队部院子里演电影，每次跟母亲要求去看时，她总会说："看电影可以，回来得写一篇心得体会。"于是我欢天喜地地去了，当然心得也是必然要完成的。后来，便养成了写日记的习惯，工作后，总是有干不完的活，但依然会在夜深人静时，坐下来，跟自己的心灵对话，于是便有了一些零零碎碎的手稿，总想着整理一下，汇成册，出本书，但又担心这些个小儿科的东西会贻笑大方，所以总是搁浅。

出吧，有些忐忑，不出吧，对不住自己这颗时常躁动的心。就像孕育生命的感觉一样，时而难受得想吐，时而欣喜得想哭，时而担心小家伙万一多一个手指抑或是少一个脚趾咋办，时而又幻想着说不定是个西施呢。个中滋味儿，你懂的。

庚子年的春节，与闺女闲聊，她鼓励我："出吧，妈妈，你行！散文、杂文、回忆录都行，不讲方式，只要表达内心的感受，对别人有帮助就行！"

但是，该计划终因工作太忙等因素再一次搁浅。

辛丑牛年的春天，遇见森哥，他说："喜欢你微信里发的那些原创文章，我都存着呢，没事儿翻出来看看，感觉颇有收获的，为什么不出书呢？"我谈了自己的顾虑和无奈。他笑了，一口标准的天津话："你啊，什么也不用担心，有我呢！我们合作吧，你负责文字，我负责其他事儿！"我也笑："莫非你是天使？"他说："嗯，上天派我来帮你了，请叫我'天使哥孙国森吧'。"

"合同有效！"我愉快地打了个响指。

于是便诞生了这本《那年，那地儿，那些人》，说不清她到底是散文、杂文，还是回忆录，也许都是，也许又都不是，或者说，仅仅是一种表达，一种对自己这些年工作和生活中飘过的那些柳啊絮啊的如实记录吧。

对生命中曾经遇见过的那些人（有些人已经离去）和事儿（很多事已成过眼云烟），我总是持一颗虔诚之心：爱在前，思念在后，祝福在上、下、左、右；对曾经去过的那些地方，也记下来，好的地方，是一种宣传，如有空闲，你也去看看，不好的地方，是一种教训和积淀，它一定教会了我一些东西，总归也是一种收获。

您——是我的亲人？朋友？同学？同事？当事人？……进来找找，这里也许有您的影子呢。

2023 年 7 月 12 日